T0178763

Cómo maté a mi padre

Cómo maté a mi padre

Sara Jaramillo Klinkert

Lumen

narrativa

Papel certificado por el Forest Stewardship Council®

MIXTO
Papel | Apoyando la
silvicultura responsable
FSC® C117695

Penguin
Random House
Grupo Editorial

Primera edición: mayo de 2020
Primera reimpresión: octubre de 2023

© 2019, Sara Jaramillo Klinkert
© 2020, Penguin Random House Grupo Editorial, S. A. U.
Travessera de Gràcia, 47-49. 08021 Barcelona

Printed in Spain – Impreso en España

ISBN: 978-84-264-0921-8
Depósito legal: B-4324-2020

Compuesto en M. I. Maquetación, S. L.
Impreso en Arteos Digital, S. L.

H 4 0 9 2 1 A

A mi padre, aunque ya no pueda leerlo.
A mi madre, que tuvo que ser padre también.

Esto dijéronme:
Tu padre ha muerto, más nunca habrás de verlo.
Ábrele los ojos por última vez
y huélelo y tócalo por última vez.
Con la terrible mano tuya recórrelo
y huélelo como siguiendo el rastro de su muerte
y entreábrele los ojos por si pudieras
mirar adonde ahora se encuentra.

RAMÓN PALOMARES,
Elegía a la muerte de mi padre

Me han disparado muchas veces, pero nunca me muero. Me despierto cada vez que la bala va a impactarme. Me pregunto qué pasará el día que no me despierte. Tal vez muera de verdad. Tal vez no. Las cosas que no pueden saberse por adelantado. Yo, por ejemplo, no sabía que iban a matar a mi padre. Ningún niño cree que algo así pueda pasar. Pero pasa. Todavía me cuesta creer que apenas treinta y cinco gramos de acero y un gramo de pólvora hayan podido acabar con una familia. Doy fe de ello. Acabaron con la mía.

Mi sueño con la bala es recurrente, debe de ser de tanto imaginarla impactando el cuerpo de mi padre. Y, también, porque me han apuntado con un arma varias veces. Una para robarme, otra para volver a robarme, otra más para advertirme que diera media vuelta, la vez que vi a un hombre a punto de asesinar a otro. Pero la que más recuerdo fue la primera vez. Ocurrió a través de la ventanilla de nuestro propio carro. Odié la fragilidad del vidrio, la lentitud del motor, la velocidad de la motocicleta que nos perseguía a lo largo de la autopista. La primera vez que un arma me apuntó fue también la primera vez que odié a mi padre por habernos obligado a hacer ese viaje a Girardota. Ya tendría el resto de la vida para recriminarle que se hubiera tragado las razones que lo motivaban a llevarnos hasta allá para rezarle al Señor Caído.

No era un hombre de silencios, mi padre, todo lo contrario, se sabía todas las palabras del mundo y, cuando no le alcanzaban, se inventaba las suyas propias. Hablar con él era toda una experiencia, le parecía a uno que el mundo se iba inventando a medida que nombraba las cosas. Mencionaba lugares que no aparecían en los mapas y esos lugares se nos plantaban en la mente con la misma firmeza que si hubiéramos pasado allí las vacaciones. Lo que más le gustaba era ponerle apodos a la gente y hacer muecas. Sobre todo, eso. No había quien le ganara.

Nos escondía nuestros objetos más preciados y, a su manera, cobraba por devolvérnoslos: nos hacía caminar con las manos, quedarnos en patasola durante diez minutos, cargar un recipiente con agua sobre la cabeza sin que se derramara ni una gota, repetir trabalenguas imposibles sin equivocarnos y también nos ponía a arrancar maleza. Era obsesivo con el tema de la maleza. Aunque teníamos mayordomo, a él le encantaba llegar de la oficina y ponerse a podar la grama, abonar los árboles, coger las frutas maduras y arrancar las malas hierbas. Yo, a veces, le ayudaba, no es que me preocuparan las malas hierbas, sino que era mi excusa para pasar toda la tarde a su lado.

Era abogado y no perdía ni un solo caso. Cuando los preparaba, la sala de nuestra casa se volvía un lugar intransitable entapetado con hojas, libros y apuntes. De las paredes colgaban cartulinas en las que apuntaba cosas que no entendíamos, pero que mis hermanos y yo espiábamos con fascinación a través de la ventana. Sus litigios en el juzgado eran seguidos de cerca por estudiantes de Derecho, profesores, periodistas y gente en general que quería escuchar cómo defendía a aquellos que le pagaban por hacerlo.

Pero por esos días andaba en silencio, como si se hubiera gastado las palabras. Pasaba las noches de largo sin poder dormir y cuando íbamos rumbo al colegio se quedaba frente al semáforo en verde mirando un punto fijo, perdido quién sabe en cuál de todos esos lugares que siempre inventaba. Los carros de atrás no paraban de pitar y le gritaban cosas para que arrancara y, como él seguía inmóvil entonces yo le tocaba el hombro con sutileza, pues de lo contrario daba unos brincos que asustaban. Fue por esos días cuando le surgió la idea de ir a hacerle una promesa al Señor Caído. Mis hermanos y yo nos reíamos porque no sabíamos quién era ese señor ni de dónde se había caído ni mucho menos por qué nuestro padre insistía en visitarlo para hacerle promesas.

Eran días raros en Medellín. En la televisión mostraban cómo explotaban bombas, mataban gente y no había nada más peligroso que tener que parar en un semáforo y que una moto quedara a tu lado. Cualquier cosa menos eso: si te iba bien te robaban el carro; si te iba mal te mataban por robártelo. No eran más que niños jugando a ser sicarios. Niños de comuna sin nada que perder y algún dinero que ganar por apretar el gatillo. Niños que tenían dos altares en su casa: en uno le rezaban a Pablo Escobar para que les siguiera dando trabajo y en otro a la Virgen de la Milagrosa para que les afinara la puntería. Ambos eran muy efectivos.

Eran días extraños que alteraban, incluso, nuestra propia rutina. Había que buscar rutas diferentes para ir al colegio, variar los horarios y cambiar de carro de tanto en tanto para despistar al enemigo. Había enemigos por todas partes, en todos los semáforos, en todas las motos. Había que poner cintas en equis sobre las ventanas de las casas para que no volaran los vidrios cuando explotaran las bombas. Y abrir la boca, hasta el límite, taparse los oídos y quedarse muy quieto después de oír una explosión. Eso me lo enseñaron en el colegio. Solíamos hacer simulacros para aprender cómo actuar en caso de que temblara la tierra, pero, de repente, las explosiones fueron mucho más frecuentes que los temblores y entonces cambió la prioridad de los simulacros. Cuando alguien salía de casa, el resto de la familia se quedaba ansioso esperando la llamada para confirmar que había llegado bien.

Yo tenía once años y no le temía a los fantasmas ni a los monstruos. Un poco al diablo, porque las monjas del colegio se mantenían hablando de él; un poco a Dios, porque según ellas era capaz de saber qué estabas haciendo todo el tiempo y nadie capaz de vigilarte todo el tiempo puede ser confiable, pero, la verdad, a lo que yo más le temía era a las motos. Bastaba ver una para empezar a temblar y a percibir en el estómago un abismo de esos que no se llena con nada. Mi propio corazón retumbaba tan duro que parecía tener a alguien adentro pugnando por salir.

Hasta que un sábado mi padre nos empacó a mí y a mis cuatro hermanos en la silla de atrás del carro. Mi madre iba delante. Los trillizos habían crecido mucho y quedábamos muy apretados. Protestamos, pero mi padre seguía empeñado en llevar a cabo el viaje. Yo, como siempre, peleé por hacerme con la ventanilla. Yo, como siempre, gané, porque lo único bueno de ser la única mujer con cuatro hermanos hombres, era que el papá se derretía por darme gusto. A veces se quedaba mirándome como si no hubiera en el mundo nada más que mirar y yo me perdía en sus ojos y en su risa y en sus muecas, sin saber que me pasaría el resto de la vida evocándolas para que no se me olvidaran.

Tomamos la Autopista Norte en medio de una gran algarabía: cantábamos, reíamos, peleábamos, nos regañaban y luego volvíamos a cantar, a reír y a pelear otra vez. Jugábamos a inventar palabras con las letras de la placa del carro que teníamos delante. De un momento a otro mi padre pisó el acelerador y comenzó a adelantar a los demás carros; entretanto, nosotros nos sentíamos como los protagonistas de una película de acción.

Luego noté que mi padre miraba el retrovisor sin parar mientras intercambiaba miradas con mi madre; las gotas de sudor le resbalaban frente abajo y el cuello de la camisa se las bebía. Entonces giré la cabeza y vi la moto y sobre la moto dos hombres y sobre los hombres las armas. El de delante tenía una pistola, el de atrás una metralleta. Nos alcanzaban, nos miraban, discutían entre ellos y luego mi padre aceleraba y ellos se quedaban detrás.

Anduvimos así mucho tiempo, o tal vez poco, pero a mí me pareció mucho, tanto que alcancé a pensar si ya Dios no nos vigilaba o quién iba a cuidar a mis tortugas. Pensé que no iba a poder estudiar para el examen de matemáticas. Pensé en que nadie llamaría a decir que habíamos llegado bien, que mi padre no podría hacer su promesa y que mis hermanos y yo nos quedaríamos sin saber quién era el Señor Caído.

Deseé no haber peleado por hacerme con la ventanilla y también que los vidrios fueran blindados y que el carro tuviera alas y que nosotros fuéramos invisibles y que todo fuera una película de esas en las que los buenos siempre ganan. La semana anterior habíamos visto una en la que, con solo mirar a la gente a los ojos, el protagonista lograba que se cumplieran sus deseos. Deseé estar frente al televisor viendo cómo se hacían realidad, en vez de estar formulando los míos propios.

La moto volvió a acelerar y se puso paralela a nosotros. Vi a los sicarios y sus tatuajes. A cada uno le pendía un rosario del cuello. Me pregunté si Dios los miraba también a ellos, si la Virgen de la Milagrosa atendía sus oraciones, en las que pedían buena puntería. Pensé que a Dios debían de llegarle peticiones muy particulares. Seguían discutiendo, pero no alcanzaba a oír lo que decían porque la moto sonaba muy duro.

El de atrás levantó la metralleta. Le apuntaba a mi padre, pero cada vez que mi padre aceleraba, quedaba apuntándome a mí. Yo miraba a mis hermanos, petrificados como estatuas de sal. Miraba a mi madre, su respiración contenida, sus ojos fuera de órbita, queriendo escaparse a esos mismos lugares que mi padre inventaba y que, justo en ese momento, supe que no existían. Miraba a mi padre por el retrovisor y la mueca de su boca no era de esas que nos hacían reír. Un escalofrío me recorrió la espalda de solo verla.

Yo estaba tan cerca del sicario que notaba el sudor en la frente, los dientes de arriba mordiéndose el labio de abajo, el temblor en la mano, el dedo en el gatillo. Tenía un tatuaje en forma de cruz en el antebrazo. Vi ese hueco oscuro y hondo por donde salen las balas, el mismo que siempre veo en mis sueños. Era tan pequeño que me parecía imposible que pudiera tragar vidas y, sin embargo, allí estaba, intentando tragarse las nuestras.

Nos miramos a los ojos. El sicario me miró a mí. Yo lo miré a él. Nos miramos durante un segundo que pareció toda una vida. Mis ojos nunca se habían encallado en un lugar tan oscuro, sin embargo allí estaban: fijos, impotentes, asustados, mientras el dedo índice de un desconocido se debatía entre disparar o no. Cuando mi profesora de ciencias preguntara qué es un centímetro, diría que es la distancia que debe recorrer un dedo para tirar del gatillo.

Nunca supe por qué no disparó. Tal vez le recordé a su hija, si es que la tenía, o a su familia, que era como la nuestra, todos unidos esperando la llamada de su padre diciendo que había llegado bien. No sé si cobró la paga, si lo castigaron por no haber hecho el trabajo, si necesitaba el dinero para algo importante, si tenía otra persona a la cual matar, una que no anduviera con cinco niños en la parte de atrás del carro. A mí me gusta pensar que la vida, a veces, es esa película en la que basta mirar a alguien a los ojos y pedir un deseo para que se cumpla.

La moto desaceleró y se quedó atrás. A lo lejos, se veían los sicarios como dos puntos diminutos que al final fueron tragados por el pavimento. Entretanto, nosotros avanzamos hacia Girardota en medio de un silencio insoportable. Evitábamos mirarnos, teníamos los labios sellados, apretábamos los dientes. Los trillizos no terminaban de entender lo que acababa de pasar pero algo en su interior debió advertirles que no era buena idea preguntarlo. Yo tenía unas ganas insoportables de llorar, pero me obligué a pensar en otra cosa para no hacerlo. Todavía recuerdo lo espesa que tenía mi propia saliva y el dolor en la garganta que me impedía tragarla. Me dolían los pies de pisar tan fuerte el piso del carro y el sudor me corría espalda abajo como una cascada.

Al cabo de unos minutos, en el siguiente retorno, mi padre cambió de opinión y giró de regreso a casa. Sin cantos, sin risas, sin peleas, sin regaños. Nunca hubo tanto silencio como ese día, en ese carro. Nosotros nos quedamos sin conocer al Señor Caído y mi padre sin hacerle su promesa. Tal vez por eso lo mataron unos días después.

Cuando el teléfono sonó andaba jugando Nintendo. Era un viernes de mayo, día libre en el colegio. Mi plan era aprovechar que mis hermanos no estaban para pasarme Mario Bros. Al otro lado de la línea, una mujer preguntó por la mamá. Consulté el reloj: era la una de la tarde. Hice cálculos y le indiqué que ella no regresaría hasta al cabo de dos horas. Colgamos y seguí jugando. No pasaron ni cinco minutos cuando el teléfono volvió a sonar. Contesté. Reconocí la voz. Era la misma mujer que recién había llamado, volvió a preguntar por la mamá, yo le respondí lo mismo. Al cabo de otros cinco minutos, el mismo sonido del teléfono, la misma voz, la misma mujer. Insistía en hablar con mi madre.

El teléfono repicó otra vez, pero no contesté. Quise distraerme con el juego, pero ya no lo lograba. Cuando volvió a repicar, supe que algo grave estaba pasando. Empecé a temblar, las gotas de sudor me rodaban por la espalda. Sentí un hueco inmenso en el estómago, como cuando veo una moto o pienso en el diablo o en Dios vigilando todo lo que hago y lo que pienso. Me quedé mirando el teléfono fijamente, pero no quise contestar. Repicaba y repicaba sin parar como si nunca fuera a cansarse.

Entonces llegó corriendo Catalina, la empleada que nos ayudaba en la casa. Su cara era del color de las noches sin luna, sus manos callosas, sus labios finos. Nadie nunca la había visto ni llorar ni sonreír. A duras penas hablaba, dejando entrever esos dientes blancos como las nubes. Cuando no tenía más remedio que responder a alguna pregunta que no pudiera contestar a punta de señas, lo hacía siempre en monosílabos que uno tenía que esforzarse en escuchar.

Por las noches, cuando me entraba el miedo, se quedaba al pie de mi cama acompañándome con sus canciones, que más parecían quejidos. Era una mujer muy triste. Cada línea de su rostro gritaba en silencio cosas que ella nunca quiso contarnos. No era posible saber qué había tenido que sentir su cuerpo o qué habían tenido que mirar sus ojos, que quedaron apagados, tan incapaces de expresar alguna emoción, tan desprovistos de ese deseo humano de buscar la felicidad... Parecía que eso era algo a lo que ella había renunciado hacía mucho tiempo. Catalina era una mujer decididamente melancólica.

Y fueron esos ojos negros como abismos con los que me interrogó. Y fue a esos mismos ojos a los que les expliqué que era alguien preguntando por la mamá, que ya me empezaba a parecer rara tanta insistencia. Se quedó inmóvil al lado del teléfono, sin decir ni una palabra, mientras su pie derecho golpeaba el suelo de manera repetitiva. A lo lejos ladraban los perros y se oía el burbujeo de la olla en la que preparaba el arroz para el almuerzo. Yo me hacía la que estaba concentrada en el juego, pero en realidad la miraba de reojo tratando de adivinar sus pensamientos, mientras ella hacía lo mismo tratando de adivinar los míos.

Estábamos solas en casa, cada una sumida en sus cavilaciones, la incomodidad de ambas se palpaba en el aire. Ni ella ni yo sabíamos qué hacer, qué decir o para dónde mirar. Yo presionaba mi pecho con las manos para que el corazón no se me saliera. Retumbaba tan fuerte que temía que ella alcanzara a escucharlo.

Pensé en desconectar el teléfono, no quería volver a oír sus repiques, no quería enterarme de nada, no quería que nadie más llamara. Los perros seguían ladrando y en la cocina ya olía a arroz quemado, pero ninguna de las dos se movió a apagarlo. Parecíamos dos rocas en el borde de un abismo. El Nintendo, por su parte, repetía, incansable, el sonsonete de Mario Bros. Aturdida apagué el aparato de un golpe y quedamos sumidas en un silencio tal que oíamos nuestros corazones retumbando pecho adentro, acompasados en una angustiosa melodía. Cuando el teléfono volvió a timbrar, ambas saltamos.

Catalina contestó, supe que era la misma mujer. Esta vez parecía estar dando información con más detalle. «¿Y cómo está?» Fue lo único que Catalina preguntó. He aquí tres palabras convertidas en pregunta. Tres palabras cuya respuesta harían la diferencia entre la vida que teníamos y la vida que nos esperaba. Tres palabras, solo tres malditas palabras, que nunca más podría sacarme de la cabeza. «¿Y cómo está?» Tres palabras preguntando algo que no queríamos saber, pero que era preciso preguntar. Tres palabras que obtuvieron respuesta, aunque ella no quiso decírmela.

Entonces vi cómo ese rostro oscuro, que había visto tantas veces en mi vida, se puso pálido como una hoja en blanco, vi cómo sus ojos tristes se volvían aún más tristes. Vi sus labios finos temblando, vi su garganta moverse tratando de deshacer ese nudo que le impedía tragarse su propia saliva. Luego no vi más porque se giró y quedó de espaldas a mí, no quería que yo le viera la cara. Y entonces no se la vi, pero supe que, por primera vez, Catalina estaba llorando.

Nunca pude pasarme Mario Bros. Desde ese día no volví a jugar. Mi vida no sería tan fácil como andar recolectando monedas, aplastando tortugas y buscando hongos. En ese momento también me di cuenta de que en el mundo real no hay tres vidas, como en los videojuegos. Hay una nada más y cuando se pierde es para siempre.

Fue una llamada la que me volvió invisible. Justo después de que Catalina contestara el teléfono y diera media vuelta para evitar que la viera llorando. Ese fue el momento exacto. Lo recuerdo bien, porque volverse invisible y ver a Catalina llorando eran cosas que no ocurrían todos los días. Le pregunté qué estaba pasando, pero ella no me miró. La sacudí, la rodeé a la altura de la cadera con mis brazos, la apreté con tanta fuerza que sentí la punta de sus huesos contra los míos, le grité algo que ya no recuerdo, pero ella seguía sin mirarme. Tenía la cara pálida y desencajada. Daba miedo verla. Luego comenzó a revolotear por toda la casa con pasos delirantes y caóticos. Yo la perseguí exigiéndole explicaciones, primero con gritos, luego con lágrimas, pero ella no me oía. La perseguí por los corredores, le jalé la falda azul del uniforme, pero ella caminaba y caminaba sin llegar a ninguna parte.

Cuando se cansó de andar, llegó dando tumbos hasta el vestier de mis padres, allí desordenó toda la ropa mientras buscaba los trajes negros y elegantes que solía usar el papá. Me senté en un rincón del suelo de ese vestier húmedo y oscuro, estaba llorando y ni siquiera sabía bien por qué. Ella no me miraba, yo, en cambio, no podía quitarle los ojos de encima.

Noté la torpeza de sus acciones, el temblor de sus manos, la dificultad con la que tragaba su propia saliva. Le pregunté para qué era el traje. Mi padre se había despedido de mí antes de irse a la oficina, me pareció que iba muy bien vestido. Seguro que era por su corbata, que se habría ensuciado con crema de dientes. Si era por la corbata, debíamos llevarle una limpia, no un traje entero, «¿Para qué un traje entero?», pregunté una y otra vez, pero ella no me respondió. Siguió hurgando entre las montañas de ropa, incapaz de elegir un traje adecuado. Al final se decidió por uno negro. Lo embutió dentro de una bolsa y le hizo dos nudos.

Sentí el pito de un carro y cuando me asomé por la ventana vi a dos hombres ligeramente conocidos; eran unos primos lejanos. Ni siquiera recordaba sus nombres. Quería preguntarles por qué estaban llorando, pero cuando tomé aire para hacer la pregunta, desviaron la mirada y tuve que pellizcarme para comprobar que aún seguía existiendo.

Intercambiaron unas palabras a media voz con Catalina. Sin mirarme, me dijo que empacara ropa en mi mochila, que tendría que dormir en casa de la abuela. No estaba segura de qué llevar, así que metí un poco de todo: mi chaqueta verde favorita, un vestido negro que casi no me gustaba, una bufanda gris y una camisa de flores. Cuando estaba cerrando la mochila vi colgado del respaldar de mi cama el cristo de madera que me habían regalado hacía poco en la primera comunión. Me lo colgué del cuello, por dentro de la camisa para que no se notara. Antes de salir de mi cuarto me detuve frente al calendario: 17 de mayo. Intuí que sería un día para recordar, así que marqué una equis sobre él.

Miré por la ventana y los hombres seguían dentro del carro esperándome. Salí despacio, como quien no quiere llegar.

Catalina me entregó la bolsa con el traje y me depositó en la silla de atrás del carro. No se despidió de mí, no me dijo nada. Seguía presa de ese inquietante nerviosismo en el que estaba sumida desde que había contestado el teléfono. A bordo, con los desconocidos, no supe quién iba más incómodo, si ellos conmigo o yo con ellos. No me dijeron ni una sola palabra en todo el camino, estaban tan contenidos que pensé que iban a explotar en pedazos de un momento a otro.

Al otro lado de la ventanilla la ciudad se veía borrosa, no sé si por la velocidad del carro o por las lágrimas retenidas en mis ojos. Era como si tuviera el mar entero alojado en ellos, cada tanto se desbordaba para poder volver a llenarse. Hurgué entre mi pecho buscando la cruz de madera que me había colgado. La apreté con fuerza hasta que me dolieron los dedos mientras observaba el paisaje desdibujado en pinceladas torpes. Parecía que el mundo hubiera sido borrado de un solo brochazo o como si apenas lo estuvieran inventando. El viento enredaba mi pelo y se bebía mis lágrimas.

A ratos dejaba la cruz a un lado para abrazar la bolsa con el traje y respirar el aroma que se filtraba a pesar de los dos nudos. El aroma de los padres genera una calma indescriptible; cuando uno siente su olor, parece que todo va a estar bien, que nada malo puede pasar. Fantaseé con que estaba segura junto a ellos. Entrecerré los ojos en un intento por retener mis fantasías. Pero la realidad me golpeó de vuelta y una corriente empezó a circular con violencia por todo mi cuerpo.

Retomé la cruz y me puse a rezar. Las monjas del colegio solían decir que en la oración siempre había consuelo, pero recé todo el camino y no lo encontré por ninguna parte. También decían que Él siempre nos vigilaba, pero, en ese momento, mi sentimiento de desamparo era tal que si hubiera sido la única habitante del mundo no me habría sentido más sola. Pensé que para Dios me había vuelto invisible también.

Llegué a casa de la abuela a esa hora en la que aún hay suficiente luz para creer que todavía no es de noche, pero tan poca para saber que ya no es de día. Toda la cuadra estaba colapsada de carros parqueados a ambos lados de la calle. Reconocí el de mi madre de inmediato. Los demás eran carros de gente conocida, me sabía las placas de memoria. Vi sombras asomadas por las ventanas, por los balcones, por todas partes, pero se escondían o miraban para otro lado cuando las interrogaba con mis ojos.

Había que subir veinticuatro escalones para entrar a ese caserón gigante de la calle 10 y allí estaba yo delante de ellos. Solía subirlos y bajarlos casi todos los días con una alegre algarabía: en patasola, en cuatro patas, en parada de manos, de dos en dos, de tres en tres; pero en ese momento parecía sembrada en el piso como un roble de raíces intrincadas y profundas.

Quería subir y buscar a mi madre para abrazarla, para decirle que estaba cansada de ser invisible, de que todos evitaran mirarme para no tener que responder a mis preguntas. Ascendí muy despacio, como quien no quiere llegar al final, deseando que los escalones se prolongaran hasta el infinito, pero ese tipo de cosas solo ocurren en las películas. Necesitaba encontrar unos ojos que me miraran para poder pedir un deseo, como en esa película que había visto hacía poco. Mi deseo era dejar de ser invisible.

Coroné la cima con mis pies de cemento. Me dolían los dedos de agarrar con tanta fuerza la bolsa con el traje. Estaban blancos y magullados de tanto apretarlos. Entré a la casa abarrotada de gente. Yo nunca había visto tanta tristeza reunida. Deambulé perdida y angustiada por esos corredores que había recorrido tantas veces, la gente se hacía a un lado para dejarme pasar. Vi a los trillizos jugando en uno de los cuartos y deseé ser tan pequeña como ellos para no tener que entender lo que estaba pasando.

Atravesé el patio de las bifloras mientras buscaba a mi madre entre un montón de piernas: conocidas y desconocidas; gratas e ingratas; familiares y ajenas. Algo muy fuerte las había plantado allí, apretadas y tensas como árboles en un bosque. Lo que fuera que hubiera pasado, había sido más devastador que un huracán, capaz de congregar todo lo que se le atraviese con el ímpetu de su remolino y de zarandearlo con furia hasta devolverlo a la tierra hecho añicos. Quise huir y encerrarme en alguno de los múltiples cuartos de la casa, pero todos estaban repletos de caras sombrías y lacrimosas.

Cuando vi las piernas blancas y pecosas de mi madre me aferré a ellas con fuerza, sin saber que esas piernas eran el borde del abismo al que tendría que asomarme. Aún no sabía que, al soltarlas, jamás volvería a ser la misma. De repente, todas esas miradas tristes que me estaban evitando, me observaron con lástima. Oí susurros. Oí gemidos. Oí mi propio corazón pugnando por salir de mi pecho.

La mamá se agachó para ponerse a mi altura y me miró a los ojos rompiendo el hechizo de invisibilidad. Yo la miré a los suyos y supe que el remolino también la había devorado y devuelto rota en mil pedazos, que tomaría tiempo recoger y reparar. Y así, mirándonos, me dijo que el papá se había ido para el cielo.

Aquella tarde, una parte de mí se fue al abismo, murió para poder acompañar a mi padre en ese viaje sin retorno. Ignoro cómo se vistió su espíritu para entrar al cielo; por lo menos sé que su cuerpo fue enterrado al pie de un árbol de mangos y que vestía un traje negro muy elegante.

Durante muchos años no pude dejar de pensar en la última vez que vi la cara de mi padre. No sé por qué me acuerdo de ella con tanta exactitud, si cuando la miré esa mañana, lo hice sin saber que ya no volvería a verla nunca más. Las cosas no pueden saberse hasta que pasan. No fue una cara de despedida en el sentido estricto de la palabra, pero fue la que se quedó en mi mente.

Cuando alguien se muere, uno tiende a aferrarse a los recuerdos, a unir los retazos. Es una lucha constante contra el olvido, a sabiendas de que no hay manera de ganarle. El tiempo pasa como un vendaval arrasando todo lo que no esté muy firme. Pero incluso las cosas más firmes amenazan con esfumarse. Yo he recreado la última cara de mi padre tantas veces que en ocasiones me pregunto si fue un invento de mi cabeza para tener de quién despedirse. Toda partida sin adiós es inconclusa.

Es curioso, pero de todas las despedidas de mi vida, siempre recuerdo el lugar y la atmósfera que las envolvía. Lo que dije y lo que me dijeron. Lo que pensaba mientras daba el último abrazo. El temblor de los cuerpos. El color del cielo. El esfuerzo para que la voz no se quebrara, porque cuando se quiebra la voz, se quiebra todo. Las lágrimas, si las hubo.

Pero no recuerdo la última cara.

Veo la generalidad del otro, la suma de sus partes, pero por más que me esfuerce, no puedo recordar con detalle el gesto afincado en esa cara ni las líneas exactas que le daban forma y tampoco la curva de los labios. No importa si el adiós fue hace unos minutos o hace una década. Hay cosas difíciles de recordar. La última expresión que vemos encajada en un rostro es una de ellas. Aún recuerdo cómo lucía el rostro de mi padre horas antes de que lo mataran.

Fue el viernes 17 de mayo de 1991. Yo tuve día libre en el colegio, así que estaba emocionada porque tendría el Nintendo para mí sola. Me despertó el huracán que arrasaba todas las mañanas nuestra casa: la discusión de los trillizos sobre a quién le tocaba cuál uniforme; la pelea porque los zapatos se habían confundido otra vez; el olor a arepa tostada; el sonido de la exprimidora haciendo el jugo de naranja; la mamá revoloteando de jaula en jaula, poniéndole higo a los sinsontes y alpiste a los canarios, las loras dando alaridos pidiendo un trozo de banano; Catalina renegando porque se iba a enfriar el chocolate y a entiesar la arepa.

Mi plan era jugar todo el día hasta pasarme Mario Bros. No tener que compartir el Nintendo con mis hermanos era un lujo que ocurría muy de vez en cuando. Acostada y somnolienta entre la cama, sonreí por mi buena suerte. Sería un día inolvidable.

A las siete pasadas estaba la tropa dentro del carro con los calcetines disparejos, los dientes sin lavar, los uniformes trocados y la arepa tiesa aún entre las manos con la mantequilla rodando brazo abajo. Uno de los trillizos no paraba de tocar el pito del carro, seguro Pablo, que era tan impaciente. Mi padre pasó apurado por el corredor rumbo al garaje. Oí el compás de sus zapatos. Iba casi corriendo. Pasó frente a mi puerta y se detuvo, la abrió con cuidado y se quedó observándome acurrucada aún entre las cobijas. Una bola diminuta sintiéndose segura en la comodidad de la cama. El pito del carro seguía sonando. Fijo, sería otro día en el que llegarían tarde al colegio. No había manera de evitarlo. Siempre llegábamos mucho después de que sonara la campana. Todos teníamos boletas de advertencia.

Aunque la bulla del pito era desesperante, mi padre se quedó unos segundos de pie junto a la puerta de mi cuarto. Él me miró a mí; yo lo miré a él. No me dijo nada y yo tampoco. Ambos sabíamos que no era necesario. Nosotros éramos capaces de entendernos sin palabras. Y sin palabras, contorsionó su rostro hasta volverlo un asterisco. Los ojos grandes y brillantes; las cejas curveadas; la nariz contraída. Mi hermano seguía acosando con el pito. Yo me reí a carcajadas porque adoraba sus muecas. Me reí porque ignoraba que no volvería a verlas. Riendo escondí la cabeza debajo de las cobijas y todo quedó oscuro. Era una bola sonriente y segura que pensaba que nada malo podría pasarle jamás.

Mi padre moriría en cuestión de horas, pero yo no lo sabía y él tampoco. Eso solo podía saberlo el sicario que, a esa misma hora, en algún lugar de la ciudad, seguro que estaba rezándole a la Virgen de la Milagrosa para que le diera buena puntería, para que no hubiera niños alrededor, para que esta vez no fuera a matar a la persona equivocada. Todas las peticiones serían concedidas.

Mientras eso pasaba yo me quedé un buen rato entre la cama recordando la mueca de mi padre. Luego me levanté y me puse a jugar Nintendo con la certeza de que iba a tener un día inolvidable. Y así fue.

Hubo un instante feliz a la mañana siguiente de que lo mataran. Un instante compuesto por los escasos diez segundos que transcurrieron desde que abrí los ojos y miré a mi alrededor, tratando de recordar por qué había amanecido en casa de la abuela. Tampoco recordaba la razón por la cual me pesaba tanto la cabeza y estaba apretando los dientes. Cuando intenté moverme, sentí pinchazos en el cuello y en la espalda. La tarde anterior, mi madre me había pedido que señalara con el dedo el punto exacto que me dolía, pero no pude encontrar ese lugar impreciso, donde habitan las cosas que no pueden señalarse.

Esa mañana era inusualmente oscura. Me pareció ver los cristales de la ventana empañados como nunca antes los había visto, porque el caserón de la abuela era inmenso y estaba lleno de patios y terrazas por donde fluía el aire fresco. Me encontraba inmersa en una neblina tan espesa que habría podido asirla con mis manos. Me froté los ojos y me di cuenta de que la bruma estaba en mi mirada.

La casa de la abuela era una fiesta permanente a la que todos estábamos invitados, pero esa mañana solo había silencio. A menudo la gente merodeaba alrededor de la cocina para saber qué preparaba la abuela o para tratar de robar pasteles y panes cuando ella se metiera a la despensa a buscar algo. Aunque el comedor era inmenso, siempre era necesario añadir puestos adicionales porque los comensales aparecían sin avisar. Y todos comíamos escuchando historias y riendo y diciéndole a la abuela que esa era la vez que mejor le habían quedado los fríjoles o alabando lo crocante de los chicharrones. Sus patacones eran de fama, no importaba cuántos hiciera, nunca alcanzaban. Mientras los adultos empataban la sobremesa con la cena, los niños correteábamos por esos corredores largos como autopistas y subíamos y bajábamos los cuatro pisos que conectaban el caserón de arriba abajo. Pasábamos de la oscuridad del garaje a la luminosidad de la terraza; de las telarañas y los murciélagos, a los conejos y los cultivos hidropónicos de mis tíos; del miedo a la euforia; del moho al viento fresco que azotaba las baldosas desgastadas. La casa de la abuela cabía en el mundo y el mundo entero cabía en la casa de la abuela. Allí nunca faltaba ni sobraba nada. Éramos felices. Estábamos completos.

Lo que me despertó esa mañana fue la campana del carro de la basura. Era un sonido extraño para mí, porque vivíamos en la finca y hasta allá no llegaba nadie a recogerla. Al oír el tintineo, supe de inmediato que no había dormido en mi cama. La campana me puso nerviosa. Tenía la inquietante sensación de que me faltaba algo, pero durante diez segundos no logré recordar qué era. Tal vez no fue la campana la que me puso así. Tal vez fue el silencio, tan inusual para esa hora. No oía gente conversando en las terrazas ni el sonido de cubiertos y platos en el comedor. No había niños corriendo ni saltando en las camas. De los cuartos de mis tíos no salían carcajadas ni los monstruos que ellos solían inventarse para asustarnos. El día era opaco, el sol no se miraba en las ventanas.

Hasta la cocina estaba en silencio: las ollas guardadas, la radio apagada, la cafetera debía contener el mismo café frío y amargo que había sobrado del día anterior. No había panes calientes dentro del horno ni arepas asándose en la parrilla. La abuela no revoloteaba de arriba abajo ni de un lado al otro. El teléfono repiqueteaba de cuando en cuando, pero nadie contestaba. No entendía por qué; mis tíos siempre se peleaban por contestar a la espera de que fuera alguna de sus novias. Parecía que la casa estuviera habitada por sombras que no se atrevían a salir de sus habitaciones, y yo estaba allí hecha una bola, intentando acordarme de por qué todo era tan diferente, por qué me arropaba otra cobija y me encontraba en otra cama. Mis pies estaban helados y aún vestía la misma ropa del día anterior. No recordaba quién me acostó por la noche, después de hacerme tomar una pastilla para dormir que me volvió los párpados pesados como piedras. Era posible que tampoco me hubiera lavado los dientes, yo, que nunca en mi vida había dormido sin hacerlo, porque la mamá era obsesiva con eso y, ya con once años, parte de esa obsesión había empezado a contagiárseme. Estaba sumida en esa preocupación, pasándome la lengua sobre la superficie de los dientes cuando oí un gemido en el cuarto de la abuela. Y ese gemido, como si fuera un chispazo, me hizo recordar que el día anterior habían matado a mi padre.

El solo pensamiento volvió a revolverme todo por dentro y mi minúsculo y feliz instante de inconsciencia se esfumó. Volví a escuchar a mi madre diciéndome que el papá se había ido para el cielo, sin dar muchos detalles acerca de cómo un hombre que sale por la mañana a trabajar termina yéndose para el cielo. Dijo algo de un atentado. Mencionó un sicario, una bala y una arteria por la que se escurrió toda la sangre.

No lograba acordarme con exactitud de los acontecimientos, solo de la expresión que tenía la cara de mi madre cuando me los relató, dejando de lado algunos detalles y todas las razones por las cuales había ocurrido el asesinato. Aún sigo esperando esas razones. Nadie las supo nunca con certeza. Comencé a reducirme a mi mínimo tamaño: las rodillas sobre el pecho, los ojos cerrados, los puños apretados. Quería desaparecer. Me ardía la cara como cuando pasábamos las vacaciones en la costa y salía del mar con la piel cubierta de sal. La almohada estaba húmeda y yo inmóvil, aunque, de vez en cuando, la violencia de mis espasmos me sacudía todo el cuerpo. Deseaba tanto regresar a esos diez segundos de inconsciencia y detener el tiempo... Diez segundos. Tan solo diez segundos que se repetirían cada vez que despertara, en los días posteriores al entierro. Uno se demora en acostumbrarse a la idea de un padre muerto, pero termina por hacerlo y llega el día en que abre los ojos y la única certeza que tiene es la de su ausencia.

En diez segundos se piensan muchas cosas y se olvidan muchas otras. Yo adoraba esos diez segundos de inconsciencia porque en ellos vivía mi padre. El resto del día, en cambio, me resultaba insoportable. Solo quería que llegara la noche para dormir y despertarme a la mañana siguiente, de nuevo, con un papá que duraba diez segundos. Diez segundos que no podían extenderse ni meterse en el nochero ni congelarse ni agarrarse entre el puño. Diez segundos que eran todo y eran nada. Eso era mi padre.

Me acostumbré a ver su plaza de garaje siempre vacía, igual que su silla en la mesa del comedor. Vacío su lado de la cama. Vacío su puesto en el sofá donde veíamos televisión. Al principio, nadie en casa era capaz de ocupar esos lugares. El que llegaba de último a ver la novela de las ocho prefería sentarse en el suelo antes que en el puesto del papá. Su nombre dejó de mencionarse, su ropa fue regalada, sus amigos dejaron de llamar a mi madre para preguntar cómo estábamos. La familia paterna no volvió a visitarnos. El bufete de abogados siguió trabajando sin él. Vendimos su carro. Nos repartimos los pequeños tesoros que encontramos en su cajón. A mí me tocó una piel de conejo y una libreta llena de frases y pensamientos escritos de su puño y letra.

Yo me pasaba toda la noche leyendo porque me costaba dormir y porque no tenía a quién llamar cuando estaba asustada. A menudo soñaba que la mamá también se moría y me despertaba tan aterrorizada que atravesaba corriendo los interminables corredores en donde acechaban las sombras de los helechos, para ir hasta su cuarto y comprobar que estaba viva. La idea de que pudiera morirse se convirtió en un pensamiento obsesivo. Cada vez que se demoraba un minuto más de la cuenta en llegar a casa o en recogerme en el colegio yo ya me había imaginado todo lo que podría haberle pasado en ese minuto. Por esos días a mi madre solían darle unas migrañas que la obligaban a aislarse en su cuarto de cualquier sonido o fuente de luz. Yo me acurrucaba a su lado con la excusa de cuidarla, pero lo que quería, en realidad, era estar completamente segura de que estuviera respirando. No había mejor sonido que el del aire entrando y saliendo de su boca.

Uno no acepta la ausencia, pero termina por acostumbrarse a ella. Con el tiempo, mi padre fue una sombra, un fantasma, un nombre y luego nada más que un recuerdo. Hace mucho que dejó de habitar esos diez segundos. Hace mucho que olvidé el tono de su voz. Cada vez hay más distancia entre nosotros y no puedo hacer nada por acortarla. Hoy está tan lejos que, a veces, me pregunto si de verdad existió.

Cuando sueño con él nunca me atrevo a abrazarlo, somos cada vez más extraños. A veces él no me reconoce o soy yo la que no está segura de si es él o no. Si recuerdo su cara es porque me asomo a sus fotografías de vez en cuando para repasar sus rasgos. Sigue siendo joven. Lo será por siempre. Tenía casi mi edad cuando murió. Me asusta pensar que pronto seré más vieja que él. Ese pensamiento casi me obsesiona. En todos estos años diría que alcanzó a huir de mi memoria porque hice tantos esfuerzos por olvidarlo que ahora, cuando me despierto, durante diez segundos tengo que esforzarme en recordar que alguna vez estuvo vivo.

No sé cuánto tiempo estuve de pie, mirando la ropa. El cuerpo desnudo, el pelo mojado, un charco en el suelo acumulando gotas de agua. Mi madre había dejado sobre la cama ese vestido negro que yo tanto odiaba, pero yo quería ponerme la chaqueta de satén verde esmeralda. Mi madre reclamó el vestido, le dije que no me gustaba el negro. Los trillizos, por su parte, parecían láminas repetidas, con sus camisas blancas de abotonar y sus pantalones oscuros. Tomás, el pelirrojo, por primera vez no llevaba ropa del color de su pelo. Santi, tal vez para demostrar que era el mayor, optó por un traje de corte elegante. Así tal cual salimos para el velorio de nuestro padre. Éramos la familia más triste del mundo, dábamos lástima.

La gente abarrotaba la iglesia y cuando no cupieron más se tomaron la acera y luego la calle. Cuando nosotros llegamos, todo el mundo nos miraba, quise pensar que era por mi chaqueta, que resaltaba toda verde y brillante entre tanto negro. Recuerdo un montón de brazos queriendo abrazarme, pero yo no quería que nadie me tocara. Por si no lo saben, el satén es muy delicado.

Como la misa fue tarde, el entierro quedó para el día siguiente. Estaba otra vez repasando mi ropa, haciendo el mismo charco. Mi madre insistió con el vestido negro, me aseguró que me quedaba mejor, en realidad, dijo que era más acorde, pero yo me decidí por la camisa estampada con flores de colores. Iba más con mi personalidad. En un último intento trató de acomodarme la bufanda gris, pero yo le dije que si no había visto lo bonito que estaba el día, que sin duda haría calor.

Del cementerio solo recuerdo la cantidad de flores, era difícil caminar sin pisarlas. Mi camisa se camuflaba entre todos esos colores y yo quería hacerme invisible en medio de ellos. No quise mirar el rostro inerte de mi padre, porque me acordaba muy bien de su última cara y no quería que se me borrara.

Cuando el hueco en la tierra se tragó el ataúd, comenzaron a llover claveles y anturios y azucenas. Llovieron rosas, cartuchos, gerberas. Llovieron margaritas, lirios y gladiolos, que pronto se mezclaron con la tierra negra. Yo quería convertirme en una flor para acompañar a mi padre en ese hueco oscuro y húmedo. En momentos como ese se piensan cosas muy raras.

Lo que pasó al día siguiente fue un alivio: mi madre decidió mandarnos al colegio, así que esta vez no se hizo charco en el suelo porque no tuve que elegir la ropa, tan solo me puse mi uniforme del diario, el blanco de puntos rojos. Solía odiarlo, pero en ese momento me pareció hermoso pues me hizo sentir, por un instante, que era igual al resto de las niñas con sus familias completas y felices.

Se llamaba Catalina y era del color del cuarto sin ventanas en el que se acostaba a dormir después de acostarnos a nosotros. En las noches sin luna cuando me daba miedo la oscuridad, ella se quedaba al pie de mi cama arrullándome con sus canciones tristes. Todavía recuerdo cómo le brillaban los dientes, parecían cocuyos rasgando las tinieblas.

Su cuarto diminuto lindaba con la cañada. Siempre estaba en penumbra porque nunca encendía el bombillo para no atraer insectos. En verano olía a mango maduro y en invierno a musgo y humedad; a lo lejos se oía el suave murmullo del caudal de la quebrada. Dormía en una cama de madera que nadie recordaba de dónde había salido y sobre la que reposaba un colchón viejo, que había heredado de mí, después de que yo lo heredara de mi hermano. Su interior todavía guardaba nuestros sueños.

Se llamaba Catalina y su nombre resonaba todo el día por toda la casa. Bastaba gritarlo para que ella apareciera en un santiamén y nos hiciera todas esas cosas que nosotros no queríamos hacer y limpiara aquellas que no queríamos limpiar. Siempre decía que íbamos a gastar su nombre de tanto pronunciarlo. Lejos, a orillas del río Cauca, sus sobrinos flacuchentos también la llamaban, pero a ellos no alcanzaba a oírlos. Creo que nosotros gritábamos más duro.

Se llamaba Catalina y parecía un espectro. Era demasiado flaca, se le veían todos los huesos. Lo único voluminoso de su anatomía era el pelo crespo e indómito que nunca aprendió a controlar. Se le derramaba espalda abajo como si fuera una cascada. Nunca sonreía, nunca hablaba, parecía que estuviera ahorrando palabras, porque ella siempre ahorraba en todo lo que fuera susceptible de ahorrar.

Se pasaba horas cocinando y se enojaba cuando dejábamos comida en el plato. A menudo decía que había muchos niños muriéndose de hambre y yo pensaba que se refería a los niños de África. No es que no nos gustara su comida, lo que pasaba era que, cuando uno es pequeño, solo quiere comer chucherías. Mi madre compraba toneladas, pero no eran suficientes porque en una casa en la que viven cinco niños las chucherías nunca son suficientes. No importa cuántas se compren. Nunca alcanzan.

El día del asesinato del papá, Santi, mi hermano mayor, andaba en clase de pintura, los trillizos en el colegio y yo estaba sola en casa con Catalina. Fuimos cinco flores arrancadas de raíz. Nadie sabía dónde sembrarnos ni qué hacer con nosotros. Ni todas las chucherías del mundo juntas habrían podido llenar el vacío que se nos hizo en el estómago. El asesino huyó en una motocicleta, mientras nuestro padre quedó tirado sobre la acera ahogándose en su propia sangre.

Mis tíos esperaron a Santi a la salida de clase con la noticia. Llevaba bajo el brazo la acuarela que había pintado y la ilusión de colgarla en alguna pared. Eran unas flores que se marchitaron ese mismo día en que fueron dibujadas. Ni siquiera alcanzaron a llegar a la casa, nadie recuerda dónde se quedaron olvidadas. La mamá fue por los trillizos al colegio. Les tomaría años comprender la magnitud de lo que había pasado. Aún me pregunto si alcanzaron a entenderlo. Yo intenté descifrar la actitud de Catalina. Después de que ella contestó el teléfono, el corazón debió hacerle acrobacias dentro del pecho. Recuerdo que respiraba como si estuviera tragándose una nube. Y que dejó de mirarme para no tener que darme la noticia. Ahora la entiendo. Nadie en el mundo querría contarle a una niña que lo que había pasado era que su padre estaba muerto. Muerto. Esa es una palabra que no existe en el vocabulario de los niños.

El fin de semana siguiente la casa estuvo abarrotada de gente dando el pésame, llevando flores y llamando a Catalina para que sirviera jugo de mango y limonada, para que preparara más café, para que repartiera chucherías. Habría podido comer todas las que quisiera sin medida, sin embargo, por primera vez, yo no quería nada. A duras penas lograba tragar mi propia saliva.

Catalina puso los arreglos florales en jarrones con agua. Eran tantos que se hacía imposible caminar sin tropezarse con alguno y eso que la casa era inmensa. El olor de las flores cortadas dentro de un recipiente con agua es algo que no soporto. Huele a iglesia. Huele a cementerio. Huele a casa de muerto. Huele a tristeza. Las flores no se hicieron para ser cortadas. Odio que me las regalen y no resisto entrar en una floristería sin que se me revuelva el estómago. Prefiero las plantas sembradas porque son la promesa de que habrá un mañana. Son una declaración de vida.

Ese fin de semana no me salían las palabras. Toda la gente preguntaba con insistencia lo mismo: «¿Cómo estás?», y yo nunca sabía qué decir. Como si hubiera otra opción diferente a estar mal. Si matan a tu padre no puedes sentirte de otra manera. Quería volver a ser invisible, desaparecer, esconderme donde nadie me descubriera. Los que iban a visitarnos, además de preguntar obviedades, lloraban a la par con nosotros. No podíamos parar de hacerlo.

Mi madre se puso su mejor coraza. Nunca más volvió a quitársela. En ese momento no entendí su necesidad de hacerse la fuerte. Llegaría a perfeccionar tanto su actuación que, incluso hoy, es difícil detectar cuándo está triste o cuándo necesita ayuda. Suele decir que lo más grave que pudo pasarle en la vida ya tuvo lugar, que nada peor puede ocurrir. Y es verdad. Creo que enfrentar una tragedia muy fuerte hace que cualquier otro problema parezca una tontería. Se altera el sentido de la gravedad.

Al filo de la tarde yo estaba cansada de esquivar abrazos, de recibir besos de gente que nunca me había besado ni me volvería a besar jamás. Estaba cansada de ver a mi madre intentado sonreír frente a toda esa gente. Yo solo quería estar sola, pero la casa seguía llena de personas que iban y venían. No sé quién dijo que la muerte de alguien cercano requiere acompañamiento. Todo el mundo estorba. Uno quiere llorar mientras mira el techo. Uno quiere gritar apretando la boca contra la almohada sin que nadie se acerque y le diga que todo va a estar bien. Uno quiere estar solo y abrazarse a su dolor. Familiarizarse con él. Hacerse a la idea de que estará dentro de uno durante toda la vida.

Fue entonces cuando decidí vencer mi miedo a la oscuridad y esconderme debajo de la cama de Catalina. Todo se veía negro y olía a mango podrido porque estábamos en plena cosecha y los pájaros arrancaban los frutos a picotazos. Afuera, el suelo era un enorme tapete de mangos maduros que pronto comenzarían a descomponerse porque ya no estaba mi padre para recogerlos. Cañada abajo, el caudal de la quebrada parecía un quejido.

Cuando mis ojos se acostumbraron a la penumbra vi las chanclas desgastadas de Catalina, vi las cuentas de un rosario que se asomaban por un costado de la cama, vi sus zapatos de domingo recién lustrados, vi su maleta ajada, llena con la ropa raída que nosotros ya no nos poníamos y vi, aplastados entre las tablas de la cama y el colchón, los paquetes de papitas, chitos y boliquesos. También había galletas, yupis y platanitos. Había chocolatinas y caramelos. Había de todo.

Dudé en contarle a mi madre, pero nunca dije nada. No volví a esconderme allí ni a quejarme de que las chucherías no eran suficientes.

Mi papá me mima. Mi papá me ama. Yo amo a papá. Papá ama a mamá.

Mi mamá me mima. Mi mamá me ama. Yo amo a mamá. Mamá ama a papá.

Esas eran las planas que Santi se mantenía haciendo en su cartilla de *Nacho lee y escribe*. Agarraba el lápiz tan fuerte que parecía que iba a desintegrarlo. Yo lo observaba concentrado en la mesa del comedor, ignorando cuándo sería mi turno de aprender a hacerlas. Mis padres se olvidaron de meterme al colegio. Yo amo a mamá. Yo amo a papá. Mamá me ama. Papá me ama.

Un día fue a visitarnos a la finca una tía que tenía una hija de mi edad. Contó orgullosa que mi prima ya estaba lista para empezar a estudiar. Preguntó en cuál colegio me habían matriculado. Mis padres se miraron nerviosos. Se habían olvidado de ese pequeño asunto. «Con esta barrigota no puedo pensar en nada más», se excusó la mamá. Y era verdad, estaba a punto de explotarse con tres bebés allá metidos. Mamá ama a papá. Papá ama a mamá. Mamá mima a papá. Papá mima a mamá.

Por esos días la mamá ya no vivía con nosotros porque el médico le había advertido que el embarazo era de muy alto riesgo, que tenía que permanecer en la ciudad, por si algo pasaba. Y ponía una cara tan grave cuando decía la palabra «algo» que me quedaba todo el día imaginando cosas que podrían pasarle a una mujer con tres bebés en la barriga. O cosas que podrían ocurrirles a tres bebés embutidos en semejante espacio tan pequeño. Se me pasaban por la mente millones de situaciones que traían consigo millones de preguntas que nadie me contestaba.

La mamá le hizo caso al médico y se mudó con la abuela. Así que yo, a veces, dormía en la finca. A veces, dormía donde la abuela. No es que me gustara mucho. Mi mamá se robaba toda la atención. Antes no era así. Mis abuelos solían desvivirse conmigo. Lo primero que pensé fue que debería embarazarme. Pero deseché esa idea de inmediato, porque lo segundo que pensé fue que no había manera de competir contra un embarazo triple. Perdoné a la mamá, le permití que siguiera robándose toda la atención. A fin de cuentas, con semejante barrigota se la merecía. Yo amo a mamá. Mamá me ama. Yo mimo a mamá. Mamá me mima.

La mamá estaba tan barrigona que se movilizaba en silla de ruedas. En las noches, cada vez que quería voltearse de lado, tenía que despertar a mi tía Tita para que le ayudara a hacerlo. Por la mañana, mi abuela la sentaba en un taburete bajo la ducha y se ponía a bañarla. Yo las espiaba por la ranura de la puerta. La abuela la enjabonaba y le lavaba el pelo porque la mamá no tenía alientos ni para alzar los brazos. Se desmayaba con cualquier esfuerzo, por mínimo que fuera. Luego le daba la comida como a un bebé. Había que obligarla a comer, nunca entendí para qué se tomaban tal molestia si, al final, siempre terminaba vomitando cada cosa que comía. El corazón no le daba abasto para atender tantas vidas.

Pronto descubrí que quedarse sola en la finca era muy divertido. Me la pasaba subida en lo árboles sin que nadie me dijera nada. Subía cada vez más alto. Tanto que los pájaros dejaron de temerme. Recogía frutas y, con ayuda de Catalina, las convertía en conservas, helados, sorbetes y dulces. Sembraba semillas en la huerta y me sentaba a verlas crecer. Hablaba con los árboles. Perseguía las hormigas arrieras. Las filas eran tan largas que nunca alcancé a descubrir dónde terminaban. Ayudaba a nacer a los pollitos. Buscaba conejos silvestres. Recogía corozos para las ardillas. Me bañaba con los perros en el río, luego me ponía a quitarles las pulgas y los cadillos. Catalina se pasaba tardes enteras desenredándome el pelo porque siempre lo tuve muy largo. Cuando se rendía, me cortaba los cadejos llenos de nudos a punto de tijera y me hacía prometer que no le contaríamos al papá. A él le encantaba mi pelo. Decía que era como un campo de trigo. Lo que más le gustaba era cuando me hacían trenzas.

Me sabía el nombre de todas las flores del jardín y de todos los árboles. Construía ciudades enteras en el arenero con murallas y fosos de agua. A veces eran atacadas por dragones. Otras veces por dinosaurios. Bajaba a la quebrada a coger renacuajos y los ponía en un recipiente para ver cómo se convertían en sapos. Siempre se morían antes de conseguirlo. Le enseñaba a hablar a mis loras. Le daba jamón del fino a las tortugas. Mi padre siempre sospechó que Catalina era quien se lo comía. Yo, por el bien de mis tortugas, nunca dije nada.

Vivía más activa y ocupada que cualquier otra persona en el mundo. Aprendía cosas verdaderamente útiles. Abrazaba una vida simple y llena de belleza. Me acostaba cuando estaba oscuro y me levantaba cuando salía el sol. Me costó mucho aprender a leer el reloj. No entendía para qué servían las horas ni por qué los adultos vivían tan pendientes de ellas. Saboreaba la libertad. Hasta esa tarde en que llegó mi tía y sugirió lo contrario: «La niña no puede quedarse en esta finca haciendo nada, tienen que buscarle un colegio, a estas alturas del año no van a conseguir cupo en ninguna parte», dijo escandalizada.

Mi padre tenía un hermano sacerdote. Todas las monjas se morían con él. Ahora las entiendo. Físicamente era un ángel. El hombre más lindo del mundo. Era alto de estatura, aunque también tenía el tipo de altura que inspira respeto. Cualquiera que se parara a su lado se veía insignificante. Lo que más recuerdo eran sus manos inmensas. Y esos ojos tan azules que hipnotizaban con solo mirarlos. Una sola llamada de él y me recibirían en cualquier colegio, siempre y cuando fuera de monjas.

Me consiguió una entrevista extemporánea para mi sola. Me llevó mi tía Tita porque mi mamá no podía ni moverse. Me tallaban los zapatos porque en la finca nunca me calzaba. Mis pies, que parecían unas empanadas, estaban, de repente, llenos de ampollas. No había zapato que los contuviera. Tenía las uñas comidas y las rodillas llenas de costras, raspones y moretones porque no teníamos televisión y me la pasaba afuera jugando todo el día. Mi nivel de actividad era tal que vivía en el suelo, pero nunca lloraba porque por esos días no había nadie que me pusiera atención cuando me caía y me hacía daño. Ya había descubierto que llorar no sirve para nada si no hay un adulto presente. No surte el efecto esperado.

Llegamos al colegio. Yo nunca antes había visto una monja. Estaba aterrorizada. El hábito gris en el que estaba enfundada no dejaba ver nada más que su cara. Me costaba entender las razones por las cuales una mujer se escondía de esa manera entre su ropa. Tenía la piel delgada como papel calcante, estaba llena de arrugas. Le colgaba del cuello una cruz más grande que ella. Sus dientes eran diminutos y los dedos de la mano los tenía rechonchos como una morcilla. Me preguntó de todo. No dije ni una palabra. Me entregó un lápiz en la mano derecha. Me puso a hacer unos dibujos que no pude hacer porque soy zurda y, cuando intenté cambiar el lápiz de mano, ella lo impidió. Dijo que la izquierda era la mano del diablo. Me pasé el resto del día mirándome la mano.

Me hicieron salir y la monja se quedó hablando con mi tía. Oí que le dijo que no podían aceptarme. Tita le explicó la situación: los trillizos, la finca, el riesgo del embarazo, todos los cambios que había tenido que enfrentar recientemente. La monja preguntó en qué guardería había estado. Mi tía tartamudeó: «Bueno, verá, la niña no fue tampoco a la guardería». La monja resoplaba como un caballo, desde afuera podía oírla. Tita insistía: «Madre, por el amor de Dios, entienda la situación». Mi tía me mima. Yo mimo a mi tía. Mi tía me ama. Yo amo a mi tía. Unos días después mi padre volvió a llamar a su hermano. Los sacerdotes no son tan inútiles como parecen. Las monjas nos dieron otra oportunidad para la semana siguiente. «Que conste que es la última», advirtió.

Me prometieron esta vida y la otra si contestaba a las preguntas que me hicieran durante la entrevista. Pedí una muñeca de esas que lloran cuando uno les quita el chupo de su boca plástica. Se llamaban Cuchis, mi prima tenía varias. Quería saber si con ese bebé entre las manos lograba recuperar la atención perdida. Nunca había tenido un juguete de ese tipo. Odiaba las muñecas, los cochecitos, las cocinitas. Las Barbie y los Ken se me hacían de lo más ridículo. Mi padre siempre me daba regalos originales: zancos, cañas de pescar, patines, botes inflables, cofres con tesoros que siempre enterraba en diferentes lugares y los mapas respectivos para desenterrarlos; Pitufos y duendes que escondía entre la manigua; naipes, brújulas, lupas, linternas, cosas así.

Antes de la entrevista me explicaron que era normal que las monjas se vistieran de esa manera, que tratara de no mirar mucho el hábito, que no preguntara si tenían pelo o si eran calvas, si usaban ropa interior o no. Que amaban a un Dios que nunca habían visto por la sencilla razón de que era invisible y que adoraban a la Virgen porque tuvo un hijo sin quedar en embarazo. Me dijeron también que había que tratarlas de «madre» o «hermana», y yo no entendía cómo esas señoras tan grises podían ser mi madre o mi hermana. No me cuadraba nada de nada.

Mi tía sugirió que me pusiera los zapatos rojos del uniforme el resto de la semana para que se me fueran acostumbrando los pies. También me mandó a comprar un vestido largo para que no se me vieran los raspones de las rodillas. Recuerdo el moño rosado que me amarraron en el pelo. Y mis uñas limadas y pintadas por primera vez con un brillo transparente. Me advirtieron que no hablara tan duro, que sonriera en todo momento, pero con mesura, porque mis carcajadas eran de fama, solían oírse a kilómetros de distancia. No debía hacer preguntas incómodas ni burlarme de la monja, solo limitarme a responder lo que ella me preguntara. De repente, parecía una niña igual al resto de las niñas. Extrañaba mi finca, mis perros, mis loras y mis pies descalzos. Quería subirme a un árbol y no volver a bajar jamás.

Llegué a la entrevista. Era con la misma monja. Me examinó de pies a cabeza. Por lo menos ya lucía como un prospecto digno del colegio. Me preguntó de todo. Respondí de todo. Desbordaba simpatía. Quería esa Cuchis fuera como fuera. Mi tía me miraba orgullosa. La monja también. Preguntó por qué estaba tan participativa, le respondí que me habían prometido una muñeca si contestaba todo lo que ella me preguntara.

Y entonces ocurrió lo peor del mundo: me aceptaron en el colegio. Nunca jamás volvería a aprender tanto como esos años en los que viví, a mi aire, en la finca. Pero eso no lo sabía en ese momento. Me tomaría años entenderlo, cuando pudiera volver a pensar por mí misma, tal vez demasiado tarde para hacer algo al respecto.

Lo único bueno del colegio fue que me enseñaron a leer y a escribir. Rápidamente estaba haciendo las planas: Yo amo a mamá. Mamá me ama. Yo amo a papá. Papá me ama. Cuando las vio, mi padre se emocionó mucho y las conservó por años en su cajón secreto.

De la entrevista salimos directo al centro comercial por mi premio. A los pocos días nacieron los trillizos. Lloraban todo el día. La Cuchis también, pero ni así lograba que alguien me hiciera caso. Así que un fin de semana bajé a la quebrada y la arrojé al agua. La corriente se la llevó de inmediato. Nunca encontraron su cuerpo. Nadie extrañó su llanto. Había suficientes llorones en casa. No había ni un segundo de silencio, ni de día ni de noche. Era para enloquecerse. A veces me desesperaba tanto que yo era la que me ponía a llorar y decía: «No quiero que los bebés lloren más». A veces, era la mamá la que se ponía llorar y decía: «Estoy muy cansada, quiero dormir un mes entero, quiero subir monte arriba y no volver a bajar jamás».

Además de Catalina, teníamos otras dos empleadas del servicio. Mis tías y mi abuela también iban todos los días a ayudar. Había trabajo de sobra para todos. La diferencia era que cuando la gente se cansaba, se iba y, en cambio, nosotros teníamos que quedarnos oyendo a los bebés llorar. Lavando pañales. Esterilizando teteros. Oyéndolos llorar. Sacando gases. Meciendo las cunas. Oyéndolos llorar. Hirviendo agua. Limpiando vómitos. Oyéndolos llorar. Era de nunca acabar. Cuando acababa uno seguía el otro y cuando paraba el otro continuaba el último; para cuando paraba el último ya el primero había descansado y volvía a empezar con fuerzas renovadas. Y así, como un carrusel infinito. A veces, lloraban los tres al mismo tiempo. A veces dos. A veces uno. Pero siempre había alguno llorando. Siempre. Siempre. Siempre. Hubo noches en las que, cuando al fin lograba dormirme, soñaba que lloraban.

Si se enfermaban lo hacían a la vez, y entonces mi mamá llevaba al más grave donde el pediatra y luego le administraba a los otros dos los mismos remedios. A mi mamá se le puede acusar de todo, excepto de no ser una mujer práctica. La gente se aterraba y le decía: «Pobrecita, que mi Dios le ayude» y ella respondía: «Dios no va a venir a lavar los pañales, así que venga usted y écheme una mano».

Empezaron a crecer los trillizos y, por increíble que parezca, todo empeoró. Nuestra casa parecía un campo de batalla. Las paredes rayadas, los sofás rotos, las puertas de las alacenas colgadas, los vidrios de las ventanas quebrados. No quedó ni una repisa en pie ni un cuadro ni un solo adorno. Cuando se quebró el último plato y el último vaso, la mamá los remplazó por enseres de plástico y acero inoxidable. Lo que no se pudiera caer al suelo sin sufrir consecuencias no servía. A diario había accidentes de todo tipo: dientes fracturados, huesos rotos, heridas, cortadas, mordeduras, caídas. Todos estuvimos a punto de ahogarnos en la piscina alguna vez. De verdad, no entiendo cómo sobrevivimos.

Mi madre todo lo solucionaba con su medicina favorita: el «no-piense-en-eso». Si la cosa estaba grave entonces ameritaba un Dolex. Y si estaba más que grave ameritaba dos. Pronto descubrimos que no valía la pena insistir: «Es que me duele mucho la pierna y no puedo caminar», se quejaba alguien. «Entonces no camine», contestaba la mamá. Era inútil quejarse. Nuestro umbral del dolor alcanzó límites insospechados. Habríamos podido ser objeto de estudios médicos. Nadie tenía derecho a enfermarse y nadie se enfermaba para no tener que soportar un dolor bien horrible oyendo a la mamá recetar «no-piense-en-eso».

A los trillizos sí se acordaron de meterlos a la guardería. Más por tener un momento de paz en casa que por otra cosa. Las gestiones para el colegio se hicieron con suficiente antelación. Al cabo de un tiempo ya estaban haciendo sus propias planas: yo amo a papá. Papá me ama. Papá me ama. Yo amo a papá.

Aprendieron a escribir, pero no alcanzaron a saber lo que se siente al tener a un papá al cual amar.

A la mamá no le gustaban los conejos. O tal vez sí le gustaban, pero no tanto como el jardín. Adoraba las plantas más que a cualquier cosa en el mundo. Siempre ha sido así, nadie dijo que sería fácil competir por su afecto. Decía que los conejos se comerían el follaje. Ella era el tipo de mujer que hablaba con las plantas. Y ellas el tipo de plantas que la obedecían.

Regañaba a las que no querían florecer y felicitaba a las que se llenaban de flores. Nuestra casa era una especie de invernadero atiborrado de plantas. Estaban en los balcones, en los resquicios de las ventanas, en el patio, en el kiosco. Se adueñaban sin pudor de los corredores y del techo. Ellas parecían las dueñas de la propiedad y nosotros nada más que los invitados. A veces expandían el follaje hasta impedir el paso por los corredores y entonces la mamá nos decía que buscáramos otro sitio por el cual transitar, que la casa era bien grande para que anduviéramos siempre por la misma parte. Abrazaban las columnas, cubrían las paredes, levantaban las tejas. Pendían de los travesaños, taponaban los desagües, se asomaban por entre los sanitarios. Y si un tentáculo de las enredaderas entraba por la ventana de algún cuarto, nadie podía cortarlo. Lo adecuado, según mi madre, era no volver a cerrar la ventana. Cualquier cosa, menos hacerle daño a una planta. Por eso no me dejaba tener conejos. «Son incompatibles con el jardín», decía.

Las plantas que mi madre sembraba crecían más rápido, daban más flores y más frutos. A veces daban tantos que no alcanzábamos a comérnoslos. Catalina hacía sorbete de mango, helados de maracuyá, exprimía naranjas y limones todo el día, pero los frutos parecía que nunca se acababan. Comíamos guanábanas, mandarinas y guayabas hasta que nos dolía el estómago o hasta que nos cansábamos de hacerlo. Bastaba lanzar una pepa de mango a la cañada para que, en pocos días, naciera un árbol. El mayordomo cortaba estacas para cercar la propiedad y, en cuestión de una semana, las estacas estaban llenas de retoños que, con los años, se convertirían en árboles corpulentos y frondosos. A veces mi madre ponía un racimo de bananos suspendido en alguna de las vigas del patio y al cabo de horas desaparecía. Tantos eran los pájaros. Un día excepcional encontramos un mico pelando uno de los bananos con una elegancia casi humana. Cosas como esa eran normales en nuestra casa. Para aquel entonces yo aún ignoraba que los anormales éramos nosotros.

Vivíamos en una finca en las afueras de Medellín, en una época en la que eso no se usaba: la gente nos miraba de forma extraña cuando se enteraba de dónde vivíamos. Nos demoramos en tener televisión y teléfono, en una época en la que tener televisión y teléfono era tan normal como tener una cama o un sofá. Éramos cinco hijos, en una época en la que las familias numerosas estaban mandadas a recoger. Hay una buena explicación para esto: los trillizos. Uno rojo, otro blanco y otro negro. Lo de negro es un decir, pues el resto éramos de un blanco casi transparente, y él era el único blanco normal. Se llamaba Pablo y de cariño le decíamos el Negro. Era el que más se parecía a nuestro padre. Brillaba por su inteligencia. Era tan rápido de mente que no había manera de ganarle ninguna discusión. Mientras uno estaba pensando en un argumento, él ya había esgrimido dos o tres ideas tan lúcidas que uno terminaba por sentirse aplastado por el peso de sus ideas. Al Negro era mejor tenerlo de amigo. Nadie sobrevivía a ninguna de sus bromas.

Teníamos perros, pero también tortugas, canarios, loras, guacamayas, pavos reales, chivos, caballos, vacas, gallinas, ardillas, peces y sinsontes. No todo al mismo tiempo, por supuesto. Lo que pasaba era que la propiedad estaba recién parcelada y había aún muchas especies silvestres. Yo, a menudo, me empeñaba en rescatar a todos los animales heridos que encontraba en mis caminatas, pero una vez sanaban, ya no querían irse. Además, cuando alguien allegado a la familia se sentía encartado con una mascota, nos la regalaba. Todas las recibíamos y con todas nos encariñábamos. Mis favoritas eran las loras, los pollitos y las tortugas.

Aunque estaba obsesionada con los conejos, nunca logré convencer a la mamá de que me dejara tener aunque fuera uno solo. No tenía vecinas de mi edad con quienes jugar, mis amigas del colegio no iban hasta la finca, mis hermanos eran todos hombres. No teníamos casi nada en común, a excepción del gusto por el Nintendo. Llegué a sentirme más cómoda con los animales que con la gente. Hasta el día de hoy no han cambiado mucho las cosas.

Un día lo vi pasar. Una bola blanca y peluda dando saltitos frente a mi ventana. Pudo haber sido que los dientes de león estuvieran tan grandes y tupidos que los hubiera confundido con el pelaje de un conejo. Pudo ser un gato fiero o un zorrillo. Pudo, incluso, ser alguna de mis gallinas escondida entre la manigua para empollar una docena de huevos. Pero yo estaba segura de haber visto un conejo, porque cuando se tiene algo entre ceja y ceja, uno cree ver ese «algo» por todas partes. Pues bien, yo en ese momento lo único que veía eran conejos silvestres. No importaba para dónde mirara, siempre los veía. Cuando lo mencioné a la hora de la cena todos se rieron de mí.

—Aquí no hay conejos —dijo Santi, que se las daba de sabiondo por ser el mayor.

—Los conejos blancos solo están en los laboratorios, como las ratas blancas. Y se mueren porque hacen experimentos con ellos —dijo Pablo.

—¡Mis plantas! —protestó mi madre con un hilito de voz, más de angustia que de sorpresa.

Y mientras mi terquedad peleaba con mi lucidez para aceptar, al fin, que no había conejos, que no podía haberlos, fue cuando mi padre dijo en secreto:

—Yo sé dónde queda la guarida del conejo. El fin de semana vamos juntos a llevarle zanahorias.

Pero apenas era martes y la semana se me hizo eterna, como solo puede hacerse eterna una semana cuando uno va a llevarle zanahorias, por primera vez, a un conejo desconocido.

Llegó el sábado y comenzó nuestra excursión: bajamos por los rieles pedregosos, cruzamos el bosque de pinos, saltamos el arroyo y nos mojamos los zapatos porque había llovido mucho y estaba abundante el caudal. Caminamos a lo largo del vallado, nos abrimos paso entre la maleza a punta de machete y zarandeamos la hojarasca para espantar las serpientes. Tuvimos que poner piedras sobre el pantano y medir bien nuestros pasos con el fin de no aplastar las ranas plataneras.

La guarida quedaba entre la grieta de una piedra inmensa. Mi padre me tomó la mano entre la suya y la dirigió hacia el interior con la determinación de quien conoce lo que está buscando. Y entonces la toqué. El pelaje del conejo era más suave que el de todos mis peluches juntos, más que mi cobija de alpaca o el tapete de piel de llama que cubría el piso de la sala. Nada en el mundo podía ser más suave que el pelaje de ese conejo y allí estaba yo, tomada de la mano de mi padre, acariciándolo. Si la felicidad existía, se parecía a ese momento. Dejamos la zanahoria y prometimos volver al sábado siguiente.

Otra semana eterna, en la que las matemáticas no tenían importancia, ni el inglés ni las clases de gimnasia. Yo solo quería ir a acariciar el conejo y a llevarle zanahorias y repollos. Y así cada sábado, sin falta, íbamos a visitarlo. Él nos esperaba siempre dentro de la guarida, quieto, muy quieto para que pudiéramos acariciarlo.

Como al papá lo mataron un viernes, no pude cumplirle la cita de ese sábado siguiente al conejo. Estaba muy ocupada asistiendo al funeral y después no tuve con quién ir a visitarlo. Nadie con quien saltar el arroyo ni atravesar el vallado ni cortar la maleza ni espantar las serpientes ni poner piedras sobre el pantano ni esquivar las ranas plataneras. Nadie con quien hacer cosas no convencionales. Los sábados pasaban ahora sin novedad alguna. Eran lentos como mis tortugas y también tristes. Así como el quejido de la quebrada, así como las canciones de Catalina.

Entretanto, las horas se iban amontonando en días y los días en semanas, porque el tiempo es imparable como imparable es el caudal del arroyo. Entretanto nosotros seguíamos tratando de adaptarnos a la nueva situación. Repasábamos todas las fotos en las que aparecía el papá, llorábamos en la noche debajo de las cobijas y durante el día encerrados en el baño. Íbamos al cementerio todos los domingos a llevar flores y a arrancar la maleza que nacía por los lados de la lápida, hasta que no pudimos volver.

Frente al cementerio, el dueño de la estación de servicio en la que solíamos poner gasolina le dijo a mi madre que era mejor que no siguiéramos yendo. «Uno aquí, sin querer, se entera de cosas», eso fue lo que dijo. Y sin saber de qué se había enterado, supusimos que era lo suficientemente grave para no volver. Yo sufría solo de pensar que la tumba se estaba llenando de maleza. Una tumba con maleza era muy impropia de mi padre.

Nos despertábamos por la mañana pensando en él y nos acostábamos por la noche con el mismo pensamiento. Yo no podía sacarme de la cabeza la imagen de su última mueca. Me parecía inconcebible pensar que esa misma cara que yo recordaba tan bien estuviera ahora pudriéndose bajo tierra y que su lápida estaba siendo devorada por la maleza. Parecía que nunca íbamos a adaptarnos a la ausencia y, la verdad, uno nunca se adapta, se resigna por la fuerza de la costumbre. Ya ni siquiera había vuelto a pensar en el conejo.

Sábados después, mi madre se armó de valor para sacar todas las cosas del papá. Alguien le dijo que eso nos ayudaría a hacer el duelo, así que nos involucró a todos en la actividad. Regalar la ropa y los zapatos, donar los libros, repartirnos sus pequeños tesoros, aquellos con no más valor que el sentimental: su pluma, su cuaderno de apuntes, su reloj. Su lupa, su navaja, sus binóculos. De su cajón, como del sombrero de un mago, salían canicas, flechas de indios, monedas de lugares extraños. Mapas, brújulas, espadas. Salían naipes, caracoles y relojes de arena. Salieron mis planas de *Nacho lee y escribe*: yo amo a papá. Papá me ama.

Y, de repente, salió la piel blanca y suave de un conejo. La reconocí con solo tocarla.

Hubo una época en la que me mantenía trepada en un árbol gigante de guayabas que vivía en el patio de la casa. Nunca se cansaba de dar frutos y en sus ramas coincidía con pájaros, ardillas, zarigüeyas, abejas y murciélagos. Para todos había fruta y las que sobraban se caían al suelo, unas sobre otras, entretejiendo un tapete vegetal rojizo que terminaba por fermentarse y oler a vinagre. Muchas de esas semillas germinaron y, pronto, los alrededores fueron llenándose de pequeños guayabos que crecían persiguiendo la luz del sol.

Cada vez con más frecuencia yo iba desapareciendo de las típicas escenas familiares, para pasar más tiempo encaramada en el árbol de guayabas. Ya las tángaras me habían perdido el miedo y las soledades me agitaban su cola iridiscente y su copete verdeazulado. Mi madre sabía aprovechar muy bien la cosecha eterna y en casa siempre había jalea, sorbete, bocadillo, almíbar, en fin, cualquier cosa que resultara de mezclar las guayabas con azúcar o panela en distintas proporciones y tipos de cocción.

Un día mi padre me vio haciendo equilibrio sobre una rama, mientras trataba de leer un libro y desafiar la gravedad, así que me propuso que hiciéramos una casa en el árbol. Yo me entusiasmé mucho con la idea, que comenzó siendo nada más que un par de tablas sujetadas con clavos. Cada fin de semana hacíamos mejoras y remodelaciones, hasta que al final, la casita tuvo paredes, ventanas y techo. Luego hicimos un pequeño balcón con vista a la quebrada; allí recibía la visita de sinsontes y turpiales. La fuimos amoblando con cojines y mantas, instalamos repisas para mis libros, tallamos estrellas sobre la madera con un clavo oxidado.

Llegó abril con la violencia de sus lluvias y la persistencia del granizo para atacar mi casa del árbol. Tuve que abandonarla porque el primer aguacero ahogó todos mis libros y empapó las mantas. Por esos días, la mirla patiamarilla perdió los huevos que estaba empollando y un ventarrón se llevó el panal de abejas. Llegaban las noches y los hilos de agua se empeñaron en besar la tierra con tanta insistencia que el tapete rojizo se mezcló con tierra negra y hojas caídas. Un aliento putrefacto emanó del suelo en forma de vapor, sin que el romero ni el eucalipto pudieran hacer nada para contrarrestarlo.

Los días se convirtieron en semanas y la lluvia no amainaba. Ya no podía regresar a mi refugio porque la madera estaba muy resbalosa y el pantano se tragaba mis pasos; entonces miraba al árbol desde la ventana de la casa principal, implorándole que resistiera. Las tormentas de granizo le perforaron las hojas con la furia de la metralla. Los pájaros no volvieron. Las zarigüeyas tampoco. Donde antes hubo pasto verde ahora había charcos en los que retozaban sapos y escarabajos. Llegó mayo y las lluvias seguían. Para ese entonces la casita había perdido el techo y las estrellas talladas en la madera de sus paredes habían sido devoradas por los hongos.

La tormenta eléctrica comenzó una tarde cuando mi padre aún no había llegado; era tan fuerte que parecían disparos. El cielo parpadeó furioso, las tejas de barro se quejaron por los azotes del agua, todo se veía blanco y difuso por tanta neblina. La gran explosión ocurrió cuando un rayo impactó sobre el árbol de guayabas y este se desplomó arrastrando consigo los cables de luz. El cortocircuito retumbó en nuestros oídos y nos dejó en la penumbra. Las tablas de la casita se fragmentaron en mil pedazos que salieron volando.

Todos los hijos estábamos histéricos aquella tarde, sin embargo, la mamá nos abrazó en medio de la oscuridad tratando de que no notáramos que también tenía miedo. Sus ojos brillaban de tantas lágrimas retenidas, pero llorar es un lujo que las mamás no pueden darse en ciertos momentos. En cambio, dijo que el sol volvería a salir. Dijo que los árboles pequeños crecerían y que se volverían más fuertes que el que se había desplomado. Dijo que el papá me construiría otra casita cuando los troncos estuvieran más gruesos. Dijo que con las frutas haríamos bocadillos y mermeladas y jaleas. Dijo muchas cosas.

Pero esos planes se fueron al traste porque mi padre no regresó jamás. Ni siquiera cuando escampó hasta que se secaron los charcos y florecieron las orquídeas. Ni cuando se fueron los sapos y se renovó el pasto de un verde tan fosforescente que alumbraba en la oscuridad. No volvió para ver a los demás guayabos intentando crecer, con sus troncos aún débiles y sus ramas desorientadas como chamizos a punto de quebrarse. No supo que sus hojas no crecían verdes sino amarillosas porque les faltaban elementos vitales que la tierra ya no podía proporcionarles.

Uno en especial daba guayabas con formas muy extrañas y al examinarlas notamos que su carne húmeda y ennegrecida estaba llena de gusanos. Nunca pudimos erradicarlos, eran tantos y crecían tan rápido que terminaron por matarlo. Incineramos su madera para que las cenizas volaran ligeras y en paz al ritmo de los mismos vientos septembrinos que alzan las cometas de colores.

Cuando pienso en ese árbol de frutas con formas extrañas, me pregunto si sus cenizas sabrán que ya son libres, me pregunto si desplomarse fue su forma de encontrar la libertad. Y aunque no tengo respuestas y sienta a ratos un sabor amargo en la boca, siempre quedarán las manos callosas de mi madre para seguir haciendo jaleas y bocadillos, como cuando éramos niños y crecíamos felices a la sombra de ese árbol gigante de guayabas, que una vez vivió en el patio de la casa y se desplomó antes de tiempo para enseñarnos que ni las raíces más profundas ni la madera más gruesa permanece firme para siempre.

De todas las chucherías, mis favoritas eran las chocolatinas Jet. Me gustaban tanto que me comí cuarenta en un solo día. Digo cuarenta por redondear. Digo cuarenta porque, en realidad, la caja traía cincuenta chocolatinas, pero es muy posible que me hubiera tocado compartir algunas con mis hermanos, pues, como algunos sabrán, en las casas donde hay muchos hijos, todo se tiene que compartir, así uno no quiera, y en mi casa éramos muchos: Santi, los trillizos, la mamá, Catalina y yo.

A mi papá no lo cuento porque lo acababan de matar y yo sobrellevaba la ansiedad de su muerte comiéndome las uñas y arrancándome los cueritos hasta que me salía sangre y me quedaban heridas que después se llenaban de un pus sanguinolento. Fue entonces cuando mi tía Tita, que en aquel entonces trabajaba en la Compañía Nacional de Chocolates, me dijo que si le mostraba mis uñas largas me daría una caja entera. No una caja de las de doce, no. Una caja de las de cincuenta. Nos dimos la mano y cerramos el trato.

Tras un mes de enorme fuerza de voluntad, llegaron las chocolatinas y como a los once años todavía se ignoran muchas cosas, entre ellas, que uno no puede comerse una caja de chocolatinas en una sola tarde, lo que ocurrió fue una intoxicación por cacao.

Primero comenzó la visión borrosa y ralentizada, como si el mundo se moviera en cámara lenta. Luego los sonidos se intensificaron a tal punto que la infantil pelea de los trillizos en el cuarto del lado se oía como la guerra del fin del mundo y la bisagra de la puerta del baño, a la que tal vez le faltaba un poco de aceite, chillaba como un animal salvaje a punto de embestir.

Lo que vino después fue el dolor de cabeza, el cual aguanté con mucha compostura, porque otra cosa que se aprende cuando se tienen muchos hermanos, y además falta el papá, es a quejarse solo cuando un asunto sea de vida o muerte. Así que aguanté lo que más pude hasta que la situación, en efecto, se volvió un asunto de vida o muerte.

Para aquel entonces, la potencia de mi propio vómito me había hecho perder el equilibrio y revolcarme en el suelo sobre lo que antes fue chocolatina y luego fue una mezcla de bilis y cacao aún sin procesar. Estaba, prácticamente, nadando en lo que había expulsado cuando me encontró la mamá, quien me envolvió en una toalla playera para que no se le ensuciara el carro y me dio un recipiente para que siguiera vomitando en el camino hacia la clínica. Y entre vomitada y vomitada, la mente seguía dándome vueltas: esta vez de verdad iba a morirme, la mamá no lo llevaba a uno a la clínica por boberías, había que estar muy grave para que algo como eso ocurriera.

Mis dos únicas incursiones a urgencias habían sido por culpa del asma. El silbido que emanaba mi pecho en un intento por respirar era escandaloso pero daba espera, siempre y cuando me quedara quieta y tuviera el inhalador a mano y a la mamá al pie de la cama ensayando remedios de autosugestión: «Respira: un, dos, tres; respira: un, dos, tres; respira».

Y así, hasta que las uñas se me ponían lo suficientemente moradas y empezaba a hablar incoherencias porque no me llegaba casi oxígeno al cerebro. Solo hasta ese momento se demostraba que el Ventide se nos había quedado corto desde hacía mucho rato, que el asunto requería un tratamiento profesional, como el que estaba a punto de recibir esta vez, ya no debido al asma sino a la intoxicación.

Todavía me acuerdo de las miradas atónitas de los otros enfermos que estaban en fila, somnolientos y adoloridos, esperando sus turnos en la penumbrosa sala de urgencias. También recuerdo la cara de las enfermeras con los ojos fijos en mi recipiente, ya a punto de derramarse de lo lleno que estaba, mientras el médico de turno interrogaba a mi mamá:

—Pero ¿qué se comió esta niña, por Dios?

—Pregúntele a ella, pregúntele —respondió la mamá toda ofuscada.

De repente, todas las miradas estaban sobre mí, mi recipiente con vómito y mi vestido de toalla playera, esperando una respuesta.

—Doctor, todo esto pasó por dejarme de comer las uñas —dije con un hilito de voz.

Así que me las seguí comiendo, tal vez porque a pesar del tiempo todavía siento ansiedad por la muerte de mi padre, tal vez como un agüero para que el chocolate nunca más vuelva a sentarme mal.

Aún no tengo claro si crecimos cuando nos tocó despacharnos solos para ir al colegio o si nos tocó despacharnos solos para ir al colegio porque ya habíamos crecido. Catalina pidió una licencia para visitar a su madre enferma y cada vez que Catalina se ausentaba de nuestra casa, todo se ponía patas arriba. Todo.

Mi madre no daba abasto con el aseo ni con los asuntos culinarios ni con el cuidado de las mascotas ni del jardín. Luego estaba el tema de recogernos a los cinco hijos en colegios diferentes, llevarnos a las clases extracurriculares, tratar de ir al supermercado en los entretiempos, a la plaza por los higos para los sinsontes, a la tienda de la calle 10 por el agua y las Coca-Colas. Comprábamos tantas que el dueño pensaba que la mamá tenía un restaurante y cada vez que le preguntaba cómo andaban las cosas ella siempre respondía: «El mío es un restaurante a pérdida».

Como vivíamos en las afueras de la ciudad, no podíamos irnos a casa hasta que el último salía de la última clase, pero entonces aún faltaba tomar la autopista, no sin antes detenernos por horas en el trancón de la tarde que solía ser monumental. Eso cuando no nos hacían detener los guardas de tránsito a pedirle a la mamá la licencia de transporte escolar.

Perdíamos valiosos minutos mientras ella les explicaba que todos éramos hermanos, que unos trillizos, por el hecho de serlo, no tienen que ser idénticos.

Llegábamos con hambre y sin ganas de estudiar, pero aún había que preparar la cena y hacer las tareas. Luego organizar los uniformes y darse cuenta de que estaban arrugados o sin lavar y que los tenis de deporte no se habían alcanzado a secar, razón por la cual había que abrirles un espacio por detrás de la nevera para que lo hicieran durante la noche. Quedaban tiesos y sacaban ampollas que nadie nos curaría después.

La jornada era agotadora para todos, en especial para la mamá. La noche en que Catalina llamó diciendo que se iba a demorar al menos quince días más, coincidió con el ofrecimiento que hizo un vecino de finca de llevarnos al colegio. Tuvimos que acomodarnos siete niños en un carro, porque el vecino tenía dos hijos. Íbamos tan estrechos, que teníamos que cruzar los brazos y las piernas con el fin de ocupar menos espacio. Había que planear bien cada estornudo, cada bostezo, acompasar nuestras respiraciones y llevar a la mano lo necesario para no tener que forcejear dentro de la mochila en busca de algo. Sin embargo, la estrechez no era lo peor para nosotros, sino el hecho de saber que estábamos incomodando a los otros dos niños, que nos miraban aterrados cuando empezábamos a abordar el carro con nuestras mochilas, loncheras, maquetas, cartulinas, balones, bates y guayos, entre muchas otras cosas. A veces, incluso, los trillizos llevaban el desayuno o los zapatos húmedos aún en la mano. Éramos una mayoría incómoda. Una turba invasiva.

Desde la primera vez que el vecino nos llevó al colegio, descubrí lo que era llegar tarde de verdad. Antes sufría por unos pocos minutos, ahora el asunto era realmente delicado.

Tener una excusa para cada día requiere de una enorme creatividad. No obstante, la ayuda del vecino significó un gran alivio para la mamá; tanto, que al cabo de unos pocos días se atrevió a hacer el siguiente aviso:

—A partir de mañana se despachan ustedes solos para el colegio. Yo estoy muy cansada y ustedes ya están muy grandes.

Yo me fui a dormir convencida de que se levantaría, pero de todas formas puse el despertador, por si acaso. Cuando sonó me di cuenta de que estaba equivocada. Supe que nos había cogido la noche cuando sentí esa calma tan impropia de las mañanas nuestras. A lo largo del corredor solo se oía el revoloteo de los sinsontes dentro de sus jaulas y el eterno y tranquilo girar de los helechos pendiendo de los corredores.

Me paré de un brinco y fui a despertar a mis hermanos; como no se levantaron a tiempo, me gasté toda el agua caliente, así que nos peleamos. Yo, porque ellos no se despertaron y ahora llegaríamos tarde al colegio; ellos, porque les había tocado bañarse con agua fría. O por lo menos dijeron que se habían bañado. No me constaba. Una vez superado el tema del baño siguió la elección del uniforme. Ninguno sabía si le tocaba deportes o si debían lucir la camisa blanca de gala o la roja del diario o la verde o la azul o la amarilla. No sé a quién diablos se le ocurrió la brillante idea de tener cinco colores diferentes de camisas para un mismo colegio, eso no se presta sino a confusiones. Fue un caos en el que terminó escogiendo el puro azar, con el alto margen de error que ello implica.

Acto seguido fuimos a la mesa del comedor, en donde a diferencia de los demás días no encontramos el chocolate caliente ni la arepa con mantequilla ni el pan tostado ni el quesito fresco ni el jugo de naranja recién hecho.

Entonces traté de tomar el control y mandé a uno de los trillizos a coger naranjas, al otro a exprimirlas, mientras yo volteaba las arepas y ponía el pan en el horno. El encargado de hacer el chocolate no sabía que la leche, cuando se pone a hervir sobre la estufa, sabe el momento exacto en que uno desvía la mirada y aprovecha ese justo instante para derramarse. De la misma manera como lo sabe el pan cuando está dentro del horno y las arepas sobre la parrilla y, al final, todo queda negro como trozos de carbón. Me quemé los dedos tratando de rescatar lo que quedaba del pan y de las arepas, pero siguiendo los sabios consejos de la mamá opté por no pensar en eso y pronto dejaron de arderme.

Al final, no tuvimos tiempo de tostar más pan, así que atacamos las tajadas frías que aún quedaban dentro de la nevera. No pudimos ponerles mantequilla porque estaba congelada ni queso crema porque alguien, a quien no logramos identificar, lo había dejado por fuera de la nevera y había amanecido descompuesto. Lo malo de ser muchos hijos en una casa es que nunca hay forma de encontrar al culpable de las cosas. Lo bueno es que si uno es el culpable, es muy probable que nadie lo descubra.

Con el chocolate derramado sobre la estufa, nos conformamos con el jugo de naranja, convencidos de que un jugo de naranja recién hecho siempre promete, pero cuando lo probamos estaba amargo porque el encargado de exprimirlo había confundido naranjas y limones. El caos era generalizado. Peleábamos, nos reíamos, nos molestábamos y luego recordábamos que llegaríamos otra vez tarde al colegio y empezábamos de nuevo a pelear.

Nosotros siempre llegábamos tarde al colegio, no había manera de evitarlo. Daba igual si madrugábamos media hora más, una hora más, dos horas más: siempre pasaba algo que nos impedía llegar a tiempo. Era muy frustrante. Siempre me decía a mí misma que cuando pudiera desplazarme sin depender de nadie sería la primera en llegar a todas partes.

Odiaba entrar al aula mientras sentía las miradas silenciosas de las monjas y de mis compañeras sobre mí. Hacía tiempo se me habían agotado las excusas inventadas: el trancón en la autopista, la llanta pinchada, la fila en el peaje. Y las excusas reales eran tan absurdas que me daba pena decirlas: «Tuvimos que bajar a la quebrada a bañarnos porque amanecimos sin agua», «La tormenta de ayer dejó los rieles cubiertos de lodo y el carro patinó cuesta abajo hasta encunetarse», «Justo cuando salíamos estaban naciendo quince pollitos», «El caballo se fue al estanque del agua y casi no lo sacamos», «La casa amaneció llena de abejas», «Al mayordomo le dio un ataque de epilepsia y casi se arranca la lengua de un mordisco», «Tuvimos que devolvernos en media autopista porque mi hermano no se había puesto zapatos», «Tuvimos una invasión de hormigas en la despensa», «El agente de tráfico volvió a pararnos a pedir la licencia de transporte escolar».

Sumidos como andábamos en semejante algarabía, sentimos de pronto el seguro de la puerta del cuarto de la mamá descorriéndose; la chapa girando, la puerta abriéndose. Nos zambullimos en un silencio casi místico, como si el propio Dios se hubiera levantado a ayudarnos.

Sentimos sus pasos livianos bajando las escalas de madera, dentro de esa bata vaporosa del color de las nubes con la que la mamá siempre se levantaba. Sentimos el crujir de cada escalón debajo de sus sandalias de cuero. Sentimos su caminar etéreo y despreocupado hacia la cocina. Sentimos su mirada atravesándonos de la misma manera como los rayos del sol atravesaban los ventanales. Sentimos su silencio diciéndonos nada, pero diciéndonos tanto al mismo tiempo. Como si no supiéramos ya que Dios nunca lo ayuda a uno a nada, pero es que, en ese momento, aún no perdíamos las esperanzas de que la mamá nos echara una mano con el desayuno. Además, ya habría tiempo para algo tan mundano como perder las esperanzas.

Sacó un par de higos de la nevera y los partió en rodajas con gran meticulosidad, asegurándose de que cada tajada fuera igual a la anterior. Hizo lo propio con los bananos. Luego se acercó silbando a la jaula de los sinsontes para descorrer el manto que los protegía de las corrientes de aire frío del amanecer. Y silbando depositó las rodajas de higo y los pedazos de banano en el interior. Silbando puso agua fresca, a la cual le agregó vitaminas en gotas. Silbando llenó los recipientes con una variedad inmensa de semillas. Luego lavó las latas con agua y jabón y las forró en papel periódico.

Nosotros parecíamos cinco piedras observando la escena. Nadie hacía ni decía nada. Los sinsontes nos miraban por entre las rejas y no paraban de responder con su canto a los silbidos de la mamá. Cuando terminó de despachar el desayuno de los pájaros, dio media vuelta y subió por las escaleras de la misma forma pausada en la que había bajado. Cerró la puerta, puso el seguro y sentimos el crujir de su cama cuando se volvió a acostar en ella.

La mamá nunca más volvió a levantarse para despacharnos al colegio. Los sinsontes, sin embargo, no podrían decir lo mismo. Jamás les faltó higo, banano, semillas y agua con vitaminas. A nosotros nunca nos dio vitaminas. «Coman bien» me respondió una vez que le pregunté por qué le daba vitaminas a los pájaros y a nosotros no.

Catalina regresó a los quince días y los cinco nos colgamos de ella como plátanos a su racimo y no parábamos de darle besos y abrazos, haciéndole prometer que nunca nos abandonaría. Aun así, seguimos llegando tarde al colegio. La diferencia era que ya teníamos a quién echarle la culpa.

A las seis empezaba a ahogarme. Sentía un taco a la altura de la garganta. Un taco inmenso que no me dejaba tragar saliva ni respirar. Un taco que, mientras más oscurecía, más parecía expandirse. Me sometía, me dominaba, era más grande que yo. No era capaz de estudiar, no podía concentrarme. El corazón me latía cada vez más rápido; un órgano minúsculo defendiéndose de algo tan grande, de algo tan abstracto que ni siquiera tenía un nombre. «¿Qué pasa?», preguntaba la mamá, pero yo no sabía qué pasaba. Precisaba más aire pero no lograba respirarlo. No era asma, no, la asfixia del asma era muy distinta: más concreta, más explicable. Se calmaba casi siempre con un inhalador, eso lo sabía de sobra, tuvimos que mirarnos a la cara varias veces y, aunque no nos gustábamos seguíamos juntas. Yo porque eso significaba tener la atención de la mamá y ella —el asma—, vaya uno a saber por qué, se ensañaba conmigo cada tanto.

El taco aparecía todos los días. Era de una intensidad variable y una duración indefinida. Para cuando el reloj marcaba las seis y media, yo ya estaba temblando, sudando frío, pasándola mal. Nunca supe cómo ni cuándo comenzó a ocurrirme. Nunca supe en qué momento le cogí tanto miedo a la noche. Esa noche que se anunciaba desde las seis y que, a las siete sin falta, ya había terminado de imponerse.

La noche era un monstruo, quería tragarme entera. O, quién sabe, tal vez se tomara el trabajo de masticarme, de hacer más lenta la agonía. Quizás durmiera con mi madre, ahora que había un espacio de sobra al lado derecho de su cama. Un espacio que, de momento, estaba vacío. El colchón todavía guardaba la forma del cuerpo de mi padre y su olor y su presencia invisible. Sus zapatos de andar en casa seguían inmóviles, acumulando polvo en un rincón del cuarto. Sobre el nochero, el reloj daba la hora con sus números rojos y brillantes. La radio que mi padre mantenía encendida no había vuelto a sonar.

La noche quería tragarme y yo sola e indefensa en mi cuarto, pensando si al papá le molestaría que ocupara su lado de la cama. Eso sería admitir su partida, perder toda esperanza de un regreso. Estaba segura de que no volvería, y aun así, no dejaba de esperarlo. Imaginaba sus zapatos quietos en el rincón de siempre; los imaginaba acaso anhelando que volviera a calzarlos. Supongo que toma tiempo hacerse a la idea de lo definitivo.

La llegada de la noche me llenaba de ansiedad. Era puntual como ese reloj de números rojos que permanecía inmóvil sobre el nochero. Y yo empezaba a angustiarme tal y como angustian las cosas inevitables. Prendía todas las luces de la casa, ¡todas! Sesenta y dos bombillos, los conté muchas veces. Pero la mamá los apagaba refunfuñando por el alza en las facturas. Dejó de reponer los que se iban fundiendo y, por eso, al final, la casa siempre estaba en penumbra.

«¡MIEDOSA!», gritaban mis hermanos. Tenían razón. Era una miedosa de esas que mantienen una linterna a la mano y aquel crucifijo de madera que me dieron en la primera comunión, pendiendo de la cabecera de la cama. De las que planea qué haría si acaso algún demonio llegara a asomarse por la ventana. Una miedosa incurable que recordaría, a cada instante, ese maldito vídeo de un exorcismo que le hicieron ver las monjas del colegio. O aquel otro de los abortos clandestinos con pedazos de fetos amontonados en una caneca de basura. Y las gotas de sangre resbalando pierna abajo hasta hacer charcos en el suelo sucio de un cuchitril cualquiera. Una miedosa ingenua que pensó que el diablo podría llegar a poseerla si volvía a hacerse la enferma para saltarse la misa. Una miedosa, sin embargo, adicta al miedo, que no podía dejar de verle la cara a Hitchcock a escondidas, aun sabiendo que cuando oscureciera pagaría un alto precio por ello.

La noche era un monstruo hambriento, capaz de tragarse el sol. Como si atreverse a eso no fuera atreverse a mucho. No saciaba su hambre con nada y después del sol se devoraba las montañas de enfrente y la araucaria y los laureles. También los cactus de San Pedro, pero esos no me importaban, nunca me han gustado las espinas. La noche teñía las nubes de negro, esas mismas que, al final de la tarde, habían exhibido arreboles tan anaranjados que costaba mirarlos sin fruncir el ceño. Ni los pájaros se salvaban: desde las soledades hasta las tángaras, que ostentaban mil colores, a todos se los tragaba. Sobrevivían nada más que los currucutúes ocultos entre los laureles, lanzando presagios toda la noche con ese quejido angustioso de quien da malas noticias.

Hacia la medianoche todos dormían y yo quieta en mi cama, esperando el turno de ser devorada. Los ojos fijos en el techo y los dedos cruzados para que la luz encendida de mi cuarto mantuviera la noche a raya. Si tuviera dinero, habría encendido todas las luces y pagaría yo misma las facturas de energía. ¿Cuánto valdría alumbrar la noche? Ya no lograba convencer a ninguno de mis hermanos de que durmieran en mi cuarto. «Vos no dejás dormir con esa luz prendida», «Te la pasás revoloteando como una gallina clueca». Me sabía de memoria todos los libros de la biblioteca, incluso los que estaba lejos de entender y aquellos otros que no debería estar leyendo.

Otra cosa que hice fue analizar posibles rutas de salida de emergencia de mi cuarto, pero no tenía escapatoria. Si al menos pudiera quitar los barrotes de mis ventanas o hacer un hueco en el suelo que llegara al otro lado del mundo, a un país en el que amaneciera más rápido... Si pudiera hacerme liviana, muy liviana, para poder levitar a mi antojo y huir a la velocidad de los fantasmas... O aprender a hacerme invisible para evadir una posesión diabólica. O marcharme a ese sitio que salió el otro día en las noticias en donde no oscurece durante gran parte del año.

Solo me quedaba gritar. Tenía pulmones, pero el cuarto de la mamá quedaba tan lejos como ese lugar del mundo en donde se suponía que ya había amanecido. O la voz me fallaba justo cuando más creía necesitarla. Me quedaba muda. Muda, inmóvil y asustada, pensando en ese espacio vacío de la cama en el que debería estar mi padre y que ahora nadie ocupaba. Oía ruidos dentro de mi clóset, que bien podían ser la entrada a otra dimensión, como lo fue el espejo para Alicia, o bien el espíritu de un muerto intentando volver a este mundo. «Papá, no te me aparezcas», le rogaba todas las noches. «No te me aparezcas, no te me aparezcas, no te me aparezcas», le repetía como un mantra, mientras oía cómo crujían las tejas de barro sobre el techo de la casa.

La noche era eterna como mi reloj, que daba vueltas y vueltas sin marcar ninguna hora: tictac, tictac, percibía el movimiento de las manecillas, pero cuando las miraba, no había pasado ni un minuto desde la última vez que las había consultado. No quería mirar más al techo, no quería volver a enterarme de la hora, entonces metía la cabeza bajo las cobijas como si eso pudiera hacer pasar el tiempo más rápido, como si una simple cobija pudiera resguardarme de todas las cosas malas. Pero, pronto, empezaba a faltarme el aire, maldita noche, tan asfixiante, tan opresiva. Insoportable como tener asma y haber olvidado el inhalador en la mesa de la cocina.

A veces, la noche se aliaba con el viento y entonces las sombras cobraban vida. Silbaban furiosas a lo largo de los corredores, mil demonios girando sobre las baldosas; sus ojos eran redondos y brillantes. A más viento más golpeaban las paredes y las chambranas. ¿A quién diablos se le ocurre hacer una casa con un patio por dentro? En época de lluvia se llenaba de sapos que luego chocaban contra mi puerta. Los insectos, todos, insistían en golpearse torpemente contra los bombillos encendidos. Había mariposas negras por todos lados, tal vez fuera cierto eso de que presagian la muerte.

Y yo despierta, pensando si acaso alguien más iba a morirse. O que al otro día había bloque de álgebra y que, en vez de concentrarme en entender a Baldor, tendría que luchar por no clavar la cabeza somnolienta contra el pupitre. Luego me quedaría en sóftbol y no lograría batear ni media. De seguir así no iba a agarrar ni una bola y me quitarían la posición de primera base. «Pobrecita, debe de ser por lo del papá», susurraba el resto del equipo a mis espaldas.

Fueron esos susurros. O fue el inhalador olvidado sobre la mesa de la cocina. Tal vez fueron ambas cosas o tan solo puro instinto de supervivencia. Me levanté a oscuras, una noche, decidida a no prender ni un solo bombillo, a no usar la linterna, a no colgarme ningún crucifijo. La asfixia de esa noche era de asma: necesitaba el inhalador a toda costa. Caminé despacio, tuve que pasar al lado de todos esos demonios apoltronados en medio del corredor. «Respira: un, dos, tres; respira: un, dos, tres; respira», imaginé a la mamá diciéndome, porque eso era lo que me decía cada vez que me faltaba el aire.

Aunque estaba oscuro empecé a ver todo muy claro: los demonios eran los cuernos y los helechos que giraban al vaivén del viento, sus sombras se reflejaban nítidamente sobre las baldosas y se deformaban a lo largo de las paredes. Las tejas de barro crujían por las peleas de gatos fieros que, desde tiempos inmemorables, retozan sobre los techos de las casas. Sus ojos redondos se asomaron al sentir mi presencia. Brillaban tanto que parecían tener luz por dentro. Tal vez lo que sonaba dentro de mi clóset no fuera más que una rata ocultándose de todos esos gatos hambrientos. O un sapo intentando la huida. Afuera cantaban los grillos.

Llegué a la cocina, encontré el inhalador, aspiré tres bocanadas. No hay que cargar crucifijos sino lo que uno necesita, cuando lo necesita. Bendito sea el Ventide, lo apreté con las dos manos sobre mi pecho. Aún silbaba en su intento de llevar el aire hasta los pulmones. No sé por qué podía ver tan bien si todas las luces seguían apagadas. Una ráfaga de viento me revolvió el pelo, alguien había dejado abierta la puerta lateral de la cocina. Eso no era raro, en la casa nunca cerrábamos ninguna puerta. ¡Ninguna! Ni siquiera la principal. Eran muchas y nos tomaba demasiado tiempo identificar las llaves, hasta que se fueron perdiendo como se pierde todo lo que no vuelve a usarse.

Caminé hacia afuera, despacio, atraída por el movimiento de las ramas y el titilar de los cocuyos. No sé si temblaba de miedo o de frío. Vi los laureles y la araucaria y la montaña de enfrente. Vi los cactus de San Pedro florecidos y me pareció impresionante que algo tan espinoso pudiera ostentar tantas flores. Algún día saldría a admirarlas sin miedo y sin asma. Pero eso aún no lo sabía.

La noche no se había tragado al mundo, todo seguía en su sitio. Incluida la mamá, que de repente apareció a mi lado. Había bajado hasta la cocina al sentir ruidos. Como siempre, me preguntó qué me pasaba. Y me pasaban tantas cosas que no pude decirle ninguna. Subimos despacio hasta su cuarto porque el asma no admite apuros. Casi no podía respirar, pero estaba tomada de su mano y tomada de su mano, con asma o sin asma, yo habría sido capaz de ir hasta el fin del mundo.

Observé expectante cómo preparó el lado del papá con tres almohadas, porque cuando uno no puede respirar tiene que dormir casi sentado. Me ubicó en ese lado de la cama, que era tan sagrado, tan intocable. Dormiría allí un par de años, pero en ese momento no pude adivinar que tendría tal privilegio. Esa misma noche, en cambio, supe que el papá no iba a volver, que lo único definitivo de mi vida era su ausencia. Cambiarían mis miedos, mis enfermedades, mis demonios, mis prioridades. Cambiaría todo, excepto el hecho de que mi padre estaba muerto. Muerto. La radio siguió muda sobre el nochero, sintonizada en la misma emisora que él solía escuchar. El reloj de luces rojas siguió titilando, sin falta, todas las noches.

Al cabo de los días dejé de ver los zapatos empolvados, pero nunca me atreví a preguntar quién se los había llevado. A fin de cuentas, ya mi padre no los necesitaría, nunca más iba a poder calzarlos.

Estábamos enojados. Nos peleábamos a puños, nos jalábamos el pelo. A veces éramos una tropa de animales salvajes acechándonos entre los árboles o sobre el tejado de la casa. Otras veces éramos bandidos y nos matábamos entre nosotros con pistolas imaginarias: pum, pum, pum. Así sonaban los disparos antes de que nuestros cuerpos quedaran tendidos e inmóviles sobre la hierba.

Estábamos furiosos. Lanzábamos piedras a los charcos de la quebrada. Perseguíamos las gallinas. Encendíamos una fogata y dábamos vueltas bullosas alrededor de ella, como los indios cuando invocan la lluvia para que alivie la sequía. Nuestros tambores eran las ollas inmensas en las que la mamá hervía la leche recién ordeñada. Hacíamos carreras montaña arriba, alto, muy alto, hasta la cima. Llegábamos jadeando, tan cansados que no podíamos ni hablar entre nosotros y entonces nos tumbábamos a descansar, a encontrarle forma a las nubes mientras el viento nos revolvía el pelo. Luego alguno de los cinco se acordaba de las razones por las cuales estábamos furiosos y entonces nos poníamos en el borde del peñasco, tomábamos una bocanada de aire y empezábamos a gritar. Queríamos averiguar quién era el que gritaba más duro. Pablo siempre ganaba, según el dictamen del eco.

Estábamos aburridos. Nuestros juegos sobrepasaban todos los límites. Si alguno caminaba por el borde de la piscina o de la quebrada lo empujábamos. Nuestro sueño era vivir bajo el agua, donde nadie pudiera hacernos daño. Concursábamos por saber quién aguantaba más la respiración. Nos creíamos peces: tan libres, tan livianos, tan despreocupados, hasta que el aire comenzaba a faltarnos. Y entonces sacábamos la cabeza del agua con violencia y regresábamos a la realidad, pero nada, absolutamente nada, había cambiado.

Nos insultábamos. Nos retábamos. Nos dábamos golpes. Había que dejar en claro quién aguantaba más dolor sin quejarse. A las dos de la tarde, cuando las baldosas del patio ardían, jugábamos a pararnos sobre ellas con los pies descalzos. El que menos aguantara quedaba a las órdenes de los demás durante veinticuatro horas. La fragilidad era altamente castigada. A veces éramos amos y, a veces, esclavos. Nos humillábamos. Nos parábamos los unos sobre los otros. Queríamos aplastarnos.

Cuando las cosas se salían de control y nos enfadábamos de verdad, terminábamos lanzándonos cosas: zapatos, tierra, piedras, lo que fuera que tuviéramos a mano. Lo más grande que esquivé fue un candado. Lo más grave que lancé fue un puñado de arena que fue a dar a los ojos de la contraparte. Muchas veces usamos pringamosa como arma. Bastaba rozar la piel del otro con sus hojas urticantes para generar escozor e inflamación. También nos metíamos sapos dentro de la mochila del colegio y nos desharinábamos tostadas sobre la cama del enemigo de turno para que se le llenara de hormigas. La casa vivía llena de ellas. La mamá tenía que poner la comida en un recipiente dentro de otro recipiente con agua. Y, aun así, las hormigas se entrelazaban, pata con pata, hasta formar un puente, de manera que las demás pudieran caminar sobre él para alcanzar la comida. Debimos observarlas. Ellas sí sabían trabajar en equipo, unirse para alcanzar sus objetivos. Nosotros, en cambio, nos rendimos. Al final, todo lo que comíamos tenía hormigas. Conozco bien su sabor ácido.

Éramos temerarios. Ardíamos por dentro. Llorábamos solos y en silencio para que nadie nos oyera. Ocultábamos el dolor igual que los animales heridos lo ocultan para que la manada no los rechace. En las noches sin luna extendíamos colchonetas sobre la hierba y nos poníamos a esperar estrellas fugaces para pedir deseos. Sé que todos pedíamos siempre lo mismo. Pero ni todas las estrellas fugaces del mundo eran suficientes para revivir a los muertos. No le hablábamos a nadie de aquello que estábamos sintiendo.

Queríamos vencer el miedo pero no sabíamos cómo exactamente. Y entonces nos descolgábamos en bicicleta o en patines por lomas empinadas. Estaba prohibido usar los frenos. Nos caímos, nos raspamos, nos fracturamos, volaron muchos dientes. Aprendimos a curarnos entre nosotros las heridas con Isodine y Sulfacol. Solo le reportábamos a la mamá las verdaderamente graves. Y ella siempre nos decía: «No-piense-en-eso». Necesitábamos ser fuertes, invencibles, duros, muy duros, para que ninguna bala pudiera nunca atravesarnos. Nos salió a todos un caparazón en la espalda en el cual nos replegábamos al sentirnos amenazados. Ya éramos conscientes de que la vida es frágil, de que puede escaparse en un instante. No queríamos ser frágiles.

Estábamos creciendo. Éramos demandantes. Éramos exigentes. No sabíamos ni qué queríamos, pero queríamos más, siempre un poco más. Queríamos atención. Queríamos interés. Queríamos amor. Queríamos al papá de vuelta. La mamá era papá y mamá. Cada uno la quería para sí. No estábamos dispuestos a compartirla entre nosotros. Rivalizamos. Luchamos por ella. La consumimos. Llegó a pesar cuarenta y dos kilos y, aun así, era capaz de guadañar la hierba, aspirar la piscina y lidiar con los problemas y las demandas de todos. Parecía que nunca se cansaba. Nosotros nos creíamos los fuertes, pero la única verdaderamente fuerte en la casa ha sido la mamá. En materia de fortaleza dejó una marca muy alta. Nadie ha sido capaz de superarla.

Me alejé de la tropa cuando mi inferioridad física se hizo evidente. Dejé de ganar las peleas. Entendí lo que era estar en desventaja y que la supuesta igualdad entre hombres y mujeres es una mentira. Nuestras diferencias eran abismales. Ellos querían más, siempre más, y yo, de repente, quería menos. Menos furia, menos enojo, menos atención. Menos bulla, menos gritos, menos brusquedad.

Yo cada día era un poco más mi madre. Serena, sosegada, solitaria. Observábamos juntas el caos sin decir ni una sola palabra porque ya sabíamos que el silencio aturde más que los regaños y que el descontrol no puede combatirse a gritos. En los momentos más difíciles nos sentábamos en los escalones de piedra a comer mandarinas y naranjas. Escupíamos las pepitas a ver cuál llegaba más lejos. A veces hablábamos, a veces no, pero siempre nos entendíamos. Pasamos tardes enteras dentro del vivero abonando las orquídeas. Las plantas siempre han sido grandes maestras. Bastaba observarlas para entender el valor de la paciencia, para saber que el crecimiento solo ocurre cuando existen las condiciones adecuadas. Y entonces regábamos, podábamos, medíamos la temperatura. Y era curioso, pero bajo las mismas condiciones, una especie podía dar flores muy distintas. O no darlas en absoluto.

Juntas, planeábamos con calma la mejor manera de erradicar las hormigas de la despensa, los gatos salvajes del techo y las plantas de marihuana que Pablo se empeñaba en sembrar por toda la finca. Y con esa misma calma decidíamos qué hacer con los ataques de furia y las malas calificaciones de Tomás o con las pesadillas de David y esos silencios tan difíciles de interpretar en los que se sumía. A veces también tomábamos el sol al pie de la piscina y dormitábamos con los libros que nos estábamos leyendo. Los mejores consejos, además de las plantas, nos los dieron siempre el sol, el agua y la literatura.

Queríamos ser árboles: así de calladas, así de quietas. Ser ramas para que el viento fuera lo único que nos sacudiera. Y no tener que preocuparnos nada más que por la intensidad de las lluvias. Pero cuando pasaba el sopor tibio del final de la mañana, abríamos otra vez los ojos y nos dábamos cuenta de que nada había cambiado, de que seguíamos siendo las mismas. Dos mujeres intentando ser fuertes. Dos solitarias ingiriendo su dosis de realidad a tragos minúsculos para que no sentara tan mal.

No sé en qué momento, ni cómo, me convertí en mamá de mis hermanos. Ellos fueron los hijos que no tuve y yo la madre que no era. No me quedó gustando. Desde esa época empecé a sentir pesar por todas las mujeres embarazadas que veía en la calle. Quería gritarles que todo era una trampa, que los niños son tiernos mientras son niños, pero luego se convierten en seres complejos. Que se absorben todo el tiempo, todo el dinero y toda la energía. Que se consumen a sus propias madres y les generan sentimientos contradictorios que después las harán sentirse mal consigo mismas. Me convertí en una mujer decididamente egoísta. Nunca he querido compartirme con nadie. Estoy haciendo carrera en eso de ser prescindible.

El único plan minuciosamente elaborado en toda mi vida ha sido evitar embarazarme. Nunca he bajado la guardia. Hago bien mis cuentas. Sé, desde hace mucho tiempo, que ni la muerte ni los hijos tienen reversa. Antes esgrimía mil razones para huir de los niños, como si tuviera que justificar por qué, a pesar de ser mujer, nunca los he cargado ni en el deseo ni en el pensamiento. Cuando no puedo evitarlo, tomo en brazos solo los ajenos y eso por la enorme satisfacción que me genera saber que puedo devolverlos. No sé si la gente se cansó de preguntar mis razones o soy yo la que no me explico. Tal vez es la gente, que se niega a entenderme. Da igual, hace tiempo dejó de importarme lo que piensen los demás. Sumar años, después de todo, tiene cosas buenas.

Éramos cinco hermanos y ahora somos cuatro. Ya no hay furia, ya no hay miedo, ya no hay enojo. No hay tampoco niños alrededor, porque ninguno de nosotros quiso tenerlos.

Como la mayoría de los niños, yo también soñaba con ser adulta. Cada 7 de julio soplaba las velitas de mi torta de cumpleaños y pedía siete deseos. Quería un gallinero y muchas loras. Quería una cabaña frente al mar llena de palmeras y almendros a los que llegaran bandadas de pericos con su alegre algarabía. Quería leerme todos los libros del mundo y luego escribir los míos propios. Quería ganar mi propio dinero y dar la vuelta al mundo.

Eran suficientes razones para que una niña de once años quisiera crecer y no sé si de tanto soñarlo ocurrió, sin genios, sin lámparas mágicas, así, de repente, una tarde de mayo, crecí como treinta años de una buena vez. Eso fue el día en el que mataron a mi padre. Y también fue el día en el que descubrí que las cosas no ocurren exactamente como uno las planea.

De un momento para otro, dejé de pensar en las mascotas, en los libros que escribiría y en la cabaña frente al mar, para comenzar a preguntarme si acaso tendríamos que mudarnos a otra casa más pequeña, despedir a Catalina y al mayordomo, vender la finca, los carros, montar en bus. Yo nunca había montado en bus y no sabía cómo hacerlo.

Pero lo que más me preocupaba era haber descubierto que la gente no solo se moría en las noticias de la televisión:

saber que eso podía ocurrir en tu propio hogar, a tu propio padre, me llenó de una angustia desmedida sobre el hecho de que a mi mamá le pasara lo mismo. No podía pensar en otra cosa. Por las noches, de forma recurrente, soñaba que ella se moría y cuando se demoraba, así fuera un minuto, en llegar a casa o en recogerme en el colegio, me ponía muy nerviosa, porque en ese minuto yo ya me había preguntado si acaso ella llegara a faltar quién se iba a hacer cargo de cinco huérfanos, dónde íbamos a vivir y con qué dinero. Tal vez nos separaran y nos enviaran a cada uno a la casa de un familiar distinto. A lo mejor me correspondería a mí sola cuidar a los trillizos.

No me sentía capaz de tanto, a menudo pensaba que, si la mamá se llegara a morir, mi única opción era morirme con ella. Ese era mi plan y en esas tardes de angustia en las que le perdía el rastro, siempre me ponía a ingeniar formas de llevarlo a cabo. A veces me asustaban mis propios pensamientos.

Mi deseo de ser adulta no incluía tantas preocupaciones, de hecho, no incluía ninguna y, de repente, estaba llena de ellas. Así no era como lo había planeado, me habían tendido una trampa. No sabía a quién reclamarle: si a Dios por dejar de mirarme o a las monjas del colegio por hacerme creer que Dios siempre nos cuidaría. Ellas eran unas mentirosas, nada de lo que decían era verdad. En esos recreos en los que me encerraba en el baño a llorar, me hacían salir a la fuerza, me obligaban a rezar y me decían que todo iba a estar bien.

Tras la muerte de mi padre, ahora era yo quien despachaba a los trillizos al colegio, los ayudaba con sus tareas, les escogía sus uniformes. Aprendí a cocinar. Aprendí a barrer y a trapear. Lavaba los platos después de comer. Limpiaba la jaula de los canarios. Regaba el jardín. También dejé de pelear con mi hermano mayor. Ya no tenía tiempo para las clases de gimnasia ni para el Nintendo, tampoco quería jugar porque me traía malos recuerdos. En cada cumpleaños y Día de la Madre, me angustiaba porque no tenía dinero para darle regalos a la mamá y entonces le escribía tarjetas que ella nunca conservaba. En todas decía: «Eres la mejor mamá del mundo, no te mueras nunca». Ella las ignoraba porque no era capaz de prometerme algo que no estaba en sus manos cumplir.

Siempre hacía las tareas del colegio, estudiaba mucho, no perdí jamás ni una sola materia. Me comportaba lo mejor que podía porque no quería darle razones a mi madre para que se derrumbara. La necesitaba fuerte, era lo único firme que tenía para agarrarme. Y, sin embargo, a veces se derrumbaba. Se encerraba horas en su cuarto, en esas tardes en que la casa era un campo de batalla entre mis hermanos y yo. Esas veces en que todos estábamos furiosos sin razón aparente. Cuando coincidía nuestra rabia por lo que nos había pasado y no teníamos a nadie a quien pedirle explicaciones. Cuando todo se veía oscuro y sin sentido, cuando nos dimos cuenta de que los recuerdos no eran suficientes para llenar el vacío que deja un padre. A veces se pasaba días enteros sin dirigirnos la palabra y nosotros teníamos que ingeniárnoslas para llamar su atención, para traerla de vuelta de aquel sitio oscuro en el que se refugiaba. Necesitábamos sentir que todo iba a estar bien, pero no había nadie que nos tomara de las manos, nos mirara a los ojos y nos asegurara que así sería. En esa época, en Medellín, nadie podía asegurarte que ibas a estar bien. Nadie en la vida puede asegurarte nunca nada, en realidad.

Los libros era lo único que quedaba de mi deseo original y me entregué a ellos como a quien no le queda nada más en que refugiarse. Empecé a sufrir de insomnio y, a menudo, me sorprendía la salida del sol con un libro todavía entre las manos. Por lo menos estaba cumpliendo mi deseo de leerme todos los libros del mundo. Si alguna vez quise morirme, deseché la idea de solo pensar que los muertos no pueden leer. Y mientras más leía, más me daba cuenta de todos los que me faltaban. Era cosa de nunca acabar, necesitaría nacer mil veces más para poder hacerlo. Los libros me salvaron la vida.

Supe que estaba creciendo porque Catalina dejó de acompañarme por las noches con sus dientes luminosos y cuando intentaba dormir en la cama con mi madre, ella me decía que ya estaba muy grande, que tenía que aprender a dormir sola. Todavía me daban miedo las motos y el diablo; el Señor Caído no era confiable; Dios no servía para nada. Su existencia se limitaba a la cabeza de todas esas personas que no eran capaces de encontrar algo original para decir, salvo: «Que mi Dios la proteja», «Que mi Dios le ayude», «Que mi Dios le dé fortaleza». Creo que las personas no piensan realmente en las cosas que creen ni en las que dicen, es casi imposible encontrar a alguien original.

Entretanto, las sombras de los helechos y los cuernos girando por las noches en el patio me aterrorizaban. Parecían brazos tratando de alcanzarme. Le temía al rechinar de la madera de la casa, al currucutú del tejado y al quejido de los pavos reales en las ramas de los árboles. Le temía a todo. Hasta mi propia sombra me asustaba. No me sentía segura ni un solo instante. Ni de día ni de noche. Ni en la calle ni en la casa. Me daban miedo los truenos porque pensaba que eran bombas. Hoy todavía me dan miedo. Las motos también. Fue en esa época en la que empecé a soñar que me disparaban. Era un sueño recurrente. Hoy en día lo sigue siendo.

Y así fue pasando el tiempo, pero los recuerdos eran tan nítidos, tan fuertes, que parecía que las cosas habían ocurrido apenas ayer. Crecimos sin darnos cuenta y enfrentamos la vida de la mejor manera que pudimos, llevando por dentro nuestras propias cargas, porque ya sabíamos que uno mismo es quien tiene que llevarlas. No volvimos a mencionar el nombre del papá. No hablamos de lo que le pasó. Cuando alguien tocaba el tema, desviábamos la conversación. Lo matamos con la fuerza de nuestro propio silencio. A veces, tenía que esforzarme en recordar su cara, sus muecas, la forma como su nombre reverberaba al salir de mi garganta.

Hubo noches en las que lo pronuncié en voz alta para traerlo de vuelta, pero incluso algo tan familiar como su nombre comenzó a sonarme extraño. Con el paso de los años comenzaría a referirme a él como «mi padre». Hasta me cuesta escribir la palabra «papá» y si alguna vez lo llamo de esa manera es porque me obligo a ello, no porque me sienta cómoda. Perdí hace tanto a mi padre que ahora es raro para mí pensar que alguna vez lo tuve, que me aferré a su cuello, que lo cubrí de besos. Perdí esa sensación de cercanía, tanto que, hoy en día, si lo tuviera al frente por un minuto, creo que no sabría cómo actuar, no sabría cómo saludarlo ni qué decirle. Por otro lado, sé que es contradictorio, pero las cuentas nunca me cuadran, me parece imposible que hayan pasado casi treinta años, me sigue pareciendo que todo ocurrió ayer, tal vez porque recreo de manera constante las circunstancias de su muerte, no encuentro una mejor explicación al respecto.

Recuerdo la ropa que llevaba puesta, lo que comí ese día, lo que pensé, lo que lloré. Las pesadillas que tuve esa primera noche sin él también las recuerdo con claridad y el despertar en casa de la abuela lo tengo tatuado en la mente, escena tras escena. He estado en su funeral mil veces, sé quién asistió, sé quién rozó mi chaqueta verde, sé quién me mintió diciéndome que todo iba a estar bien. Detesto los funerales, deberían prohibirlos, para mí fue la fase más dolorosa de toda la ecuación porque ya ha pasado el letargo que deja el impacto inicial de la noticia, hay más conciencia, más certeza de la realidad. Uno no necesita a toda esa gente para que le recuerde lo horrible que es la situación, esa gente que llega a hurgar las heridas de los afectados porque saben que luego se irán tranquilamente a sus casas para seguir con sus vidas normales. El dolor, en cambio, se queda con uno, solamente con uno.

Hoy, por mi padre, siento más respeto que cariño. Y, sin embargo, percibo su presencia de manera constante: también me invento palabras, me río a carcajadas y hago muecas. Tengo la arquitectura de su cara, la forma de sus labios y la misma capacidad de convencer a la gente sin que se percaten de ello. Soy terca, práctica y siempre creo que son los demás los que están equivocados. A veces, me siento perseguida y amenazada y necesito replegarme en mi propio armazón. Como a deshoras, solamente cuando tengo hambre, y no considero ninguna comida completa sin aguacate. Arranco la maleza de entre las piedras y disfruto sembrando árboles y regando el jardín con la manguera. Tengo ensoñaciones al amanecer que me hacen saltar de la cama para escribirlas antes de que se me olviden. Cada vez me convierto un poco más en mi padre. La genética nunca falla.

Cuando sueño con él nunca nos tocamos y yo me paso toda la noche buscando formas de llamar su atención, de robarle una palabra, pero ya ni siquiera me mira. Somos dos extraños que intuyen la existencia de un pasado importante que no consiguen recordar. La última vez que soñé con él, pasó de largo, y yo lo miraba y lo miraba, preguntándome por qué se veía más joven que yo.

Tanto reclamar a mi padre por su silencio y, de repente, todos actuábamos de la misma forma. El silencio es algo que se teje y se entreteje igual que una araña hace su red. Nadie sabe lo que pesa el silencio hasta que lo lleva por dentro. Nadie sabe el ruido que genera, lo que aturde, lo que remueve. Creo que todos estábamos aturdidos.

La gente pensaba que lo estábamos superando muy bien, pero la ausencia es un hueco sin final. Se olvida a ratos, pero no se supera. La gente piensa muchas cosas que no son. Sobre todo, cuando no viven bajo tu mismo techo ni habitan tu propia piel ni son perseguidos por las mismas sombras que a ti te persiguen. Uno aprende a engañarlos a punta de sonrisas y el «no me pasa nada» llega a decirse con tal naturalidad que nadie cuestiona lo contrario.

Mis hermanos y yo compartíamos una casa, pero a veces actuábamos como completos extraños. Nos fuimos desconectando entre nosotros, casi sin darnos cuenta. Cada uno fue levantando murallas a su alrededor como una forma de protegerse, de seguir en pie, de afrontar las nuevas reglas que la vida nos impuso. Para aquel entonces ya teníamos claro que llorar no sirve de nada y que quejarse no iba a cambiar las cosas. Siempre queda la cómoda opción de hacerse la víctima para recibir atención y cuidados especiales.

A la víctima se le excusa todo: que saque malas notas en el colegio, que falte a clases, que no se haga responsable de sus cosas. La víctima es frágil, se derrumba, se queja y demanda una alta dosis de lástima. La víctima se regocija en su dolor y termina no sabiendo vivir sin él. Cuando empieza a sanar, hurga en su propia herida y luego la expone casi con orgullo y, cuando menos piensa, la víctima y la herida son indivisibles. Era más fácil hacernos las víctimas; sin embargo, ninguno se entregó a ese juego porque nuestra madre demostró tal fortaleza que habría sido indigno no seguir su ejemplo. Todos jugamos a ser fuertes, aunque estuviéramos quebrados por dentro. La única regla de ese juego era ocultar el dolor para que los demás no lo notaran. Sonreír. Pretender que nada estaba pasando, que seguíamos siendo la misma familia normal de siempre. «No-piense-en-eso» significaba hacer creer que no pensábamos en eso.

Sin embargo, uno de los trillizos decidió jugar otro juego más peligroso. No me extraña que se haya atrevido a tanto, Pablo era capaz de traspasar la línea que separa la valentía de la temeridad y cuando esa línea se cruza no hay manera de devolverse. Al estado de temeridad no se llega de manera improvisada. El mismo niño que se bajó del carro una vez en plena autopista cuando la mamá se orilló, como cada vez que lo hacía porque nuestras recochas o peleas no la dejaban manejar: «Se bajan o se callan, que me van a hacer estrellar». Y todos aterrados ante la posibilidad de quedar abandonados en plena vía nos recomponíamos y llegábamos a casa en silencio, quietos como estatuas. Ese mismo niño que se bajó un día del carro empezó a caminar con pasos firmes y decididos por plena autopista. Los carros le pitaban y nosotros lo llamábamos para que regresara, pero él caminaba y caminaba determinado a no volver. Yo me bajé y empecé a correr tras él. Cuando lo alcancé, forcejeamos un rato en plena vía. El pavimento estaba hirviendo y los carros al pasar nos lanzaban un vaho caliente con olor a gasolina. Yo sentía un taco en la garganta, ese maldito taco que siempre se me aparca en la misma parte y que no me deja respirar, ese mismo que, a menudo, termina en lágrimas, que no son propiamente de tristeza, porque a mí la impotencia y la rabia son el tipo de sentimientos que me hacen llorar.

Todos lo mirábamos cuando regresó como si nada y volvió a ocupar su lugar todo serio al lado de la ventanilla. Le brillaban los ojos y tenía un rictus de orgullo en la cara debido a su propio arrojo. De repente, parecía más grande, casi un hombre capaz de sostenernos la mirada para indicar que no se arrepentía, que volvería a hacerlo, que ya no tenía miedo ni de nosotros ni de nadie. Yo, en cambio, la estaba pasando mal en mi intento de seguir reteniendo las lágrimas. No puedo precisar lo que sentía, una mezcla extraña de sensaciones que me hicieron pensar que ese niño que se bajó del carro y caminó en contravía por la autopista ya no era un niño: era un hombre capaz de cualquier cosa. Y en efecto, Pablo, fue capaz de cualquier cosa de ahí en adelante.

Aún me acuerdo cuando lo descubrí. Pablo había invitado a unos amigos a dormir en la casa. Por la noche bajaron a la piscina a tomarse unas cervezas. El viento era tibio, de esos que llega hasta los huesos con su calidez. La luna estaba llena. Desde mi cuarto oí los murmullos de sus conversaciones y unas risotadas que primero eran explosivas y después continuas. Estaba inquieta, no podía conciliar el sueño. Me levanté y fui hasta donde se encontraban, conservando una cierta distancia que no me permitiera ser descubierta. Allí estaban, ahogados en su propia risa, fumando hierba. Se habían tumbado en el suelo y andaban mirando la luna sin dejar de reír. No sé cuánto tiempo estuve ahí escondida detrás de los árboles de laureles.

Me acordé de mis tíos. Cuando iba a casa de la abuela ellos se peleaban por llevarme al parque para poder fumar hierba. Crecí viendo cómo se iban desfigurando, cada vez más, cada vez peor. Hasta que la mamá me prohibió volver al parque al principio me costó mucho entender por qué, luego adquirí conciencia de los errores que cometieron, las cosas absurdas que llegaron a hacer en nombre de la adicción. De repente, cuando ellos estaban por ahí, la abuela cerraba los cajones con llave y escondía las joyas en una caja fuerte. Todos llegaron hasta el fondo y se quedaron allí observando en lo que se habían convertido. Solo uno consiguió devolverse.

Del primer pitazo a la cuesta final solo hay tiempo. Tocar el fondo es una carrera vertiginosa. Pablo ya había empezado y todos tendríamos que correrla. Ese es el problema con los drogadictos: sus acciones repercuten con amplitud de rango. Se superan a sí mismos en cada actuación. Y uno, de verdad, llega a pensar que no se puede caer más bajo, pero resulta que sí se puede. Ellos siempre encuentran la manera de lograrlo. Terminaríamos exhaustos y vencidos. En esa carrera solo habría perdedores, pero eso aún no lo sabíamos. Cuando la adicción recién se asoma, nadie puede saber el juego macabro que se despliega. Se empiezan a mover fichas erróneas, a hacer malas jugadas que solo consiguen empeorar el conjunto. No hay reglas claras y, si las hubiera, nadie podría hacerlas respetar, porque la única condición del adicto es no respetar ninguna regla. Y todos alrededor terminan afectados, así no estén jugando.

Pablo era un abismo insaciable. Nunca tenía suficiente, siempre quería más. Desde bebé fue así. Succionaba con tal fuerza que, a menudo, se ahogaba. Parecía tener conciencia de que competía con otros dos bebés por una cantidad limitada de leche materna. Quería todo para sí, quería abarcar más, quería mamar más. En dos ocasiones tuvo que ir corriendo un médico que vivía en el mismo barrio. Alcanzó a salvarlo cuando ya estaba morado e inconsciente y todos en casa de la abuela revoloteaban pensando que se había muerto. De esa misma manera transcurrió toda su niñez. Los cinco fuimos iguales. Tuvimos y carecimos de las mismas cosas, pero él siempre creía estar en desventaja; no disfrutaba de lo que le daban por pensar en lo que no le daban. Cuando recibió de cumpleaños una consola de videojuegos se atormentó pensando si acaso ya habían lanzado un modelo más nuevo. Le encantaba la música y hacía comprar reproductores a la misma velocidad que salían al mercado, en una época en la que cada mes lanzaban uno nuevo. Compraba unos tenis y al otro día le gustaban otros y así, más o menos, con todas las cosas. Nos turnábamos para elegir las películas del Nintendo y, cuando le tocaba el turno, mientras todos jugábamos felices por la noche, él ya estaba arrepentido pensando que se había equivocado, que había mil películas mejores para elegir y que tendría que esperar cuatro turnos para volver a hacerlo.

Parecía que nada era suficiente: quería cosas, quería atención a toda costa y, como no la conseguía, se mantenía irritado. La buscaba en los deportes extremos, en las bromas pesadas, en pequeños actos de vandalismo, en la rumba, en las pepas, en la hierba, en cualquier cosa que lo hiciera desconectar de la realidad. Su búsqueda fue creciendo de manera tan paulatina que, cuando nos dimos cuenta, era un monstruo inmenso al que llegamos a tenerle miedo. Ignorarlo fue nuestra única forma de combatir contra él. Durante años, hicimos como si nada estuviera pasando, cuando, en realidad, todo estaba pasando. No es fácil admitir que ese tipo de situaciones ocurran dentro de la propia familia. Ocurren en las películas, salen en las noticias, pueden leerse en los periódicos, pero en la familia de uno, no. Eso no.

Todos nos preguntábamos qué habíamos hecho mal. Yo aún me lo pregunto, aunque sé que él tomó sus propias decisiones, que fue su manera de ser fuerte. Lo expulsaron de varios colegios, chocó los carros, cogía nuestras cosas sin permiso y no las devolvía. Desaparecía días enteros y llegaba con «lagunas» y heridas que nunca fue capaz de explicar. Cuando se ponía violento se daba golpes contra las paredes, nos amenazaba, dañaba todo lo que se le atravesara. Primero le tuve miedo. Luego entendí que tenía que aprender a defenderme en vez de quedarme agazapada llorando en un rincón del cuarto. Empecé a enfrentarlo. Aprendí a llamar a la policía sin que me temblara la voz: «Estoy sola en casa con mi hermano y quiere hacerme daño». Amenacé con denunciarlo. Se rio de mis amenazas. Lo denuncié una vez. Lo denuncié muchas veces. Pasó algunas noches lejos de mí, en la estación de policía. Otras, en cambio, lo oí llorar y él me oyó a mí. Nuestras ventanas eran contiguas.

Al cabo de los años me cansé. Di por perdida la batalla. Un día le dije que no me iba a sorprender cuando llamaran a decir que habían encontrado su cuerpo en una cuneta al pie de la carretera. Un día llamaron a decir que habían encontrado su cuerpo en una cuneta al pie de la carretera. Y no me sorprendí.

Su luz se iba apagando como una vela, era intermitente como la luz de las luciérnagas. Vivía furioso y su furia se derramaba sobre todos nosotros. Nos inundaba, nos ahogaba, nos atemorizaba. Todavía pronuncio su nombre en voz baja, como si pudiera oírme: «Pablo», digo entre susurros, pero su nombre se me atranca en la garganta: «Pa-blo», lo divido en sílabas para que duela menos, pero no lo consigo. «Pa»: lo minimizo, pero esa sílaba suena como un golpe. «P»: demasiado kafkiano. Negro: demasiado oscuro. Creo que su nombre es mejor no pronunciarlo, tal vez, aún no estoy lista para hacerlo. No sé si alguna vez lo estaré.

Todavía soplo mis velitas de cumpleaños, aunque no creo en Dios ni en deseos ni en personajes de películas que los hagan realidad con solo mirar a los ojos. Aun así, las soplo porque me hacen recordar que alguna vez fui una niña que las soplaba al lado de una familia completa, con un hermano cuyo nombre podía pronunciar con cariño, con la ingenua creencia de que la felicidad podía agarrarse con las dos manos. Eran días bonitos y no lo sabía. Creí que durarían por siempre; los niños que tienen una infancia feliz, crecen con la ingenua creencia de que así será el resto de la vida, porque la felicidad es algo que la mayoría de las veces solo se aprecia cuando ya no se tiene. Después de todo, crecer no era tan bueno y menos si toca hacerlo en un solo día.

Cada vez paso más tiempo encerrada en el baño de mi cuarto. Mi madre, a menudo, piensa que estoy llorando, pero se equivoca. No siempre lloro, a veces, también, me encierro para ensayar mi sonrisa. Estiro y encojo los labios, mi boca es una ventosa. Pienso que mis dientes son más grandes de la cuenta, pero intuyo que algún día eso será más una cualidad que un defecto. Están torcidos, aún no empiezo la ortodoncia. Y el de delante, justo el de delante, se me despicó de tanto morderme las uñas. Eso, por supuesto, no se lo he contado a nadie. La verdad es que no me importa demasiado. Igual de lejos ni se nota, aunque me temo que pronto alguien querrá acercarse lo suficiente y entonces comenzará a notarlo y a mí a importarme.

Por ahora, cuando me preguntan, digo que fue por morder un Bon bon bum. Quién los manda a hacer dulces tan duros como piedras. La odontóloga me pidió el otro día que le mostrara las manos y no se creyó mucho mi versión. Igual dijo que podría hacerme una resina, que dejara de masticar los dulces, es más, que dejara de comerlos que ya tenía un diente despicado, dos caries y que, además, estaba a punto de entrar a una edad en la que las calorías no perdonan.

Lo de las calorías me dejó pensando. Las sesiones frente al espejo se han extendido hasta los recreos del colegio. Pero allá no ensayamos risas. Mis compañeras dicen que hay otras cosas más importantes que reírse. Cosas como, por ejemplo, medirse con un metro el tamaño de la cintura y de las tetas; examinarse la forma y el color de los pezones; admirar la belleza de las costillas y las clavículas asomadas. Todo un caldo de cultivo para la anorexia. En los recreos comemos solo manzana y galletas integrales. Tomamos agua como si se fuera a acabar. Criticamos a las que comen pasteles y chocolates. Son unas grasosas. Y a las grasosas no las quiere sino la mamá. Nosotras, en cambio, estamos listas para que nos quieran otras personas. Queremos ser populares. Queremos ser deseadas. Nos costaría tiempo entender que el que se enamora de una cintura estrecha saldrá corriendo apenas vea otra mejor. Y cinturas mejores hay por todas partes. Ese es el problema de poner el amor en un punto tan concreto.

Vuelvo a concentrarme en mi entrenamiento porque, a falta de tetas y cintura, necesito tener algo que agrade a los demás, algo que se superponga a las facciones tristes de mi cara. No vaya a ser que me tilden de huérfana o de depresiva. Tengo que concentrarme, además, en sacar buenas notas. Si empezara a perder materias, no faltaría el que diga que no he podido superar la muerte de mi padre, que soy floja para afrontar los embates de la vida. Se me ocurre que la sonrisa sigue siendo una buena estrategia, por lo menos puedo controlarla, usarla cuando quiera y donde quiera. Con un poco más de esmero llegará a ser perfecta. De eso estoy segura.

Estiro, encojo, estiro, encojo, me parece que tengo los labios demasiado delgados. Y, a menudo, están llenos de grietas y cueritos levantados que ni la vaselina ni la manteca de cacao logran aplacar. Se tensan con cada estiramiento y me duelen. Debería pedirle a mi madre que me compre algo más potente. Tengo la sensación de que los labios me van a molestar toda la vida: se descaman por el frío y por el calor, por los limones y por el agua del mar, por el minisigüí y por la Coca-Cola. También por pasarme tanto la lengua alrededor de ellos. Mi propia saliva es mi enemiga. Me angustia mucho saber qué pasará cuando alguien me bese.

Si quiero perfeccionar mi sonrisa, tengo que sobrepasar todas esas cosas, ignorar el dolor que me generan los labios, a fin de cuentas, ya sé que el dolor es algo a lo que uno termina por acostumbrarse. Además, descubro que cuando estiro los labios al máximo de mi capacidad, me salen unos hoyuelos que me encantan, al igual que las pequeñas arrugas de alrededor de los ojos. «Patas de gallina» las llama la mamá y lucha contra ellas a punta de cremas costosas. Yo me quedo varios segundos con la sonrisa congelada frente al espejo, quieta como una estatua, mirándolas fijamente en el espejo con el fin de analizarlas. Y sí, estoy de acuerdo con la mamá, se parecen a las patas de mis gallinas. Por ahora, me gustan porque le dan mayor expresividad a mi sonrisa y porque cuando dejo de reír desaparecen, pero sospecho que, en unos años, cuando se queden fijas alrededor de los ojos, dejarán de gustarme tanto. Para ese entonces, espero que la mamá haya descubierto la mejor crema para disimularlas.

«¡Ja, ja, ja!»: ya me atreví a ponerle sonido. Pasé de la sonrisa a la risa y de la risa a la carcajada. Todo va viento en popa. Me concentro en la carcajada. Descubrí que es más creíble cuando la acompaño con movimientos bruscos en todo el cuerpo. Podría tirarme al suelo, si quisiera, pero mi baño no es muy amplio. Tendré que ensayar en el vestier de la mamá, que tiene un espejo inmenso y un área en la que cabría mi cuerpo perfectamente estirado en plena convulsión.

Pasan los días y noto que cada vez me cojo más confianza y me carcajeo más duro. La gente comienza a identificarme con eso. Dicen que mi risa es contagiosa. Y es verdad. Cada vez me sale más fácil, más natural y termina por pegársele a todo el mundo. Creo que me estoy volviendo una compañía apetecible, una artista de la risa, siempre tengo a alguien dispuesto a sentarse a mi lado. Me parece que a la gente le gusta que la hagan reír, le gusta ver a los demás contentos. Todos podrían lograrlo si ensayaran tanto como yo. Les llevo kilómetros.

Engaño tan bien que cuando tengo que exponer, salgo al frente de la clase riéndome a carcajadas, así me esté muriendo de los nervios. Y cuando van a ponerme una inyección, todas las enfermeras se quedan mirándome por el mismo motivo. No dejo de reírme ni cuando me agarro con mis hermanos, antes nos peleábamos a golpes, pero ya no hay caso, ya no puedo ganarles. De un momento a otro se volvieron más grandes y más pesados que yo. Podrían aplastarme con un dedo si quisieran. Además, creo que la risita de burla es una mejor arma. Siento que les revuelven más las tripas, que los descoloca.

De seguir así, creo que algún día voy a olvidar las razones por las cuales empecé a reírme. Olvidaré que estuve triste por esa manía de imponerme lo contrario.

Este mes en el colegio me gané el premio a la risa más contagiosa. Voy a empeñarme en conservarlo durante todo el bachillerato. Y que cuando me gradúe, en el anuario sea reconocida como la más risueña del colegio. Solo entonces estaré segura de que mi actuación fue perfecta, de que nadie conoció mi verdadera cara.

Lo único que les digo es que no se fíen mucho de los que se mantienen riendo. Puede ser que estén expresando justamente lo contrario. Se lo digo yo, mientras escribo esto con una sonrisa.

Mi propio hermano me robó. Me di cuenta porque estaba buscando una cadena de oro que quería ponerme y no pude encontrarla. Primero, pensé que la había perdido, porque por alguna razón yo siempre pierdo mis cosas, pero luego recordé haberla visto dentro del joyero hacía pocos días, por lo tanto, sospeché de Catalina. Mala costumbre sospechar siempre de la empleada del servicio, pero es que si uno pudiera elegir al ladrón, siempre preferiría que fuera cualquier persona en el mundo, menos tu hermano. No se roba a los hermanos, pero el mío lo hizo.

Un día, merodeando en la biblioteca del cuarto de los trillizos, vi una boleta de una casa de empeño y en la descripción del artículo decía «cadena de oro», nada más. Para mí, no era una simple cadena de oro, me la había regalado mi padre cuando hice la primera comunión y, tras su inesperada muerte, pasó a convertirse, de manera oficial, en su último regalo. Yo casi nunca me la ponía, del miedo que me daba perderla, y ahora la había perdido, o lo que es peor, Pablo me la había robado.

Lo primero que pensé cuando vi la boleta de la casa de empeño fue en enfrentarlo, pero cuando llegó del colegio no fui capaz. Desde hacía tiempo se había vuelto imposible hablar con él, se ponía agresivo si alguien le llevaba la contraria y siempre encontraba la forma de herirnos a punta de palabras que se quedaban resonando en nuestras cabezas como una campana. Después, pensé en contarle a la mamá, pero tampoco lo hice. Ni a mi hermano mayor ni a mis tíos ni a mis amigos ni a nadie. Hay cosas difíciles de contar, porque contarlas supone que uno ya las ha aceptado y yo aún no aceptaba que mi hermano era un adicto. Me tomaría tiempo aceptarlo.

Cuando uno no quiere abordar un tema, a menudo, busca excusas para no hacerlo. Y es fácil encontrarlas si uno busca bien. Mientras más días pasaban, menos valor tenía para hacerlo, hasta que me convencí a mí misma de que, tal vez, no valía la pena, a fin de cuentas era una simple cadena de oro y yo solo quería cerrar los ojos para no ver lo que había detrás del robo de ella.

Para ese entonces, los problemas de mi hermano con las drogas eran evidentes, pero nadie los veía, todos teníamos los ojos cerrados, porque ese es el tipo de cosas que les pasan a otras familias, no a la de uno. Eso pasa en otros barrios, a otra gente, no a uno. Confieso que, a veces, era difícil, mis hermanos por su condición de trillizos eran muy recordados, así que cada vez que me encontraba a alguien en la calle, a menudo, preguntaba por ellos y yo siempre respondía que estaban muy bien y cambiaba de tema. Hay que ver lo hábil que era para desviar rápidamente la atención del otro.

Después de la cadena de oro se me perdieron más cosas, supongo que a todos en la casa se nos perdieron, pero nunca hablamos de eso hasta que fue muy tarde. Demasiado tarde.

Si el rojo fuera una persona, en vez de un color, esa persona sería Tomás, mi hermano. Es más rojo que el mismo rojo. Nació rojo y rojo se quedó, de tanto pelear con los otros dos trillizos por un espacio en la barriga de la mamá. Cuando abrió los ojos por primera vez, los tenía rojos como un atardecer de julio. Luego empezó a crecerle el pelo y era rojo, igual que las cejas y las pestañas y todos los pelitos del cuerpo.

Su piel pálida pronto empezó a salpicarse con pecas rojizas y a quemarse con los rayos del sol. Así que siempre usa gorras rojas. Se pone aún más rojo cuando se enoja y también cuando se agita. Se pone rojo cuando ríe a carcajadas y cuando lanza alaridos; cuando siente vergüenza y cuando se enferma; cuando está triste y cuando está alegre; cuando tiene calor y cuando le da frío. No conoce otro color, en realidad. Tal vez, por eso, siempre viste de rojo. Todos nos cansamos de regalarle ropa de otros colores porque nunca se la pone y ahora solo le regalamos cosas rojas. Sin importar la ocasión, Tomás siempre va de camisa roja, chaqueta roja, gorra roja, zapatos rojos y gafas rojas. Ya nos rendimos y lo aceptamos así. No se le puede pedir a un color que deje de serlo.

Su gata también es roja y se llama Siracha. Se aman porque entre rojos se entienden. Cuando ella se queda dormida en su cama, él duerme en el suelo para no desacomodarla. También tiene una lora que se llama Genny. Por las mañanas vuela hasta el cuarto y se posa en la cabecera de su cama, a esperar que su rojizo humano se despierte y le dé un pedazo de banano y un puñado de cacahuates. Luego se va volando a pasar el día entre los árboles de guayabas.

Todos los animales lo aman: las gallinas atienden su llamado y el gallo, que picotea a todo el mundo, se acerca a comer de su mano. El perro le volea la cola y cuando camina entre los potreros, las vacas se acercan para que las acaricie. Basta con que grite el nombre de la lora para que aparezca volando y se pose sobre su hombro, mientras él protesta porque tiene las uñas muy largas y le lastima la piel, que es muy delicada. Pero ni así es capaz de quitarla de su hombro y, por eso, se mantiene lleno de rasgaduras que antes de sanarse son lastimadas con otras nuevas. Todas sus camisas están llenas de rotos a la altura del hombro.

De una persona roja se puede esperar cualquier cosa, por eso, sospechamos que puede hablar con los animales. O que haya detenido el tiempo para no tener que crecer. Crecer sería impropio de un rojo, hasta ahora nadie ha visto a un rojo adulto.

Es tan listo que se las ingenió para tenernos a todos derretidos a sus pies. No se le puede llevar la contraria a un rojo, son tan bellos sus ojos encendidos que nadie quiere sabotearlos. Es tan pura su alma como solo puede ser pura el alma de los animales y los niños. Con solo batir sus pestañas rojas y esbozar su roja sonrisa hace realidad todos sus deseos.

Siempre fue el favorito de Catalina y a mí me daban celos cuando ella se quedaba cantándole al pie de su cama en vez de hacerlo en la mía, hasta que entendí que hay almas tan luminosamente rojas que es imposible competir con ellas. La de Tomás es una de ellas.

Cuando murió nuestro padre, Tomás se puso más rojo que todos los rojos del mundo juntos. Hasta el color original se puso celoso; entonces, para bajarle el tono, le regalamos una perra colorada que se llamaba Lupita. Sospecho que fue ella la que le enseñó el lenguaje de los animales. Había que verlos juntos: eran dos manchas rojas en su mundo propio. Dos espíritus con el color y la energía del fuego. Dos seres etéreos tan impropios de esta tierra, que construyeron un planeta rojizo al margen de las cosas malas y mundanas; un planeta intocado por la corrosión de este mundo. Y allí se resguardaron y levantaron murallas. Allí detuvieron el tiempo y se quedaron para siempre. Dos chispas fugaces encerradas en cuerpos cuya piel no alcanza a cubrir lo luminoso que llevan dentro.

Con el paso del tiempo, los demás hermanos fuimos creciendo porque hay que ser rojo para no tener que hacerlo. Cada uno buscó su propio refugio, igual que un conejo buscaría el suyo. Santi se resguardó en la pintura hasta que se hizo médico, David en el arte y la fotografía, Pablo en las drogas, yo en los libros. Tomás, por su parte, se quedó en su mundo propio. No sé si no pudimos o no quisimos rescatarlo. Y, por eso, su alma roja y noble se quedó intacta como la de un niño.

David vive en una nube. No tiene puerta de entrada. Vive arriba, muy arriba, en un lugar al cual no llegan las palabras. Vive rodeado de colores que ni siquiera han sido inventados. Parece que solo sus ojos pueden verlos y sus manos pintarlos. Después los captura con el lente de su cámara, los imprime y los convierte en cuadros que van a dar a las paredes de las casas. Los demás los miramos hasta que los ojos se nos saturan y la mente se cansa de encontrar significados. Lo que ocurra primero.

Vive en una nube, pierde todas sus cosas. A veces no sabe ni dónde está parado. Cuando baja de la nube lo hace como la lluvia que se derrama sobre el campo: abarca mucho, pero no se queda en ninguna parte. Solo lo justo para saciar la sed de los árboles. Se escapa entre los dedos y se desborda si llega a acumularse. No existe un recipiente que lo contenga. Se evapora para volver a las nubes a inventar mundos de colores por los cuales pasear sus tormentos.

Vive en una nube, siempre llega tarde a todas partes. O no llega porque confunde un día con otro. Jamás se pone reloj y tiene la mala costumbre de no consultar el calendario. Ni siquiera tiene un teléfono móvil donde llamarlo. Y es de los que solo revisa el email cuando espera algo importante. O muy de vez en cuando, si es que se acuerda. Supo que su trillizo se había matado mucho después de enterrarlo.

Para él, la palabra «mañana» solo existe en el diccionario y el futuro es un lugar al cual se llega de manera improvisada, si es que se llega. No planea nada. No distingue entre causas y consecuencias. Se pregunta si el tiempo pasa porque ve crecer los árboles. O si los árboles crecen porque el tiempo pasa. Así son todas sus preguntas, tal vez, por eso, nunca halla respuestas.

Sabe que una palma mediana equivale a cuatro años y que un semestre es un ramito de romero. Siembra árboles como quien siembra años, pero no cosecha nada. A duras penas conserva las semillas por si acaso, y solo acaso, hubiera un mañana.

Le digo «él» porque preferiría no pronunciar su nombre. Él fue el libro que no terminé de leer. La historia sin final feliz que no habría querido que me contaran. Me empeñé tanto en borrar su recuerdo que ahora me cuesta traerlo a la memoria. Un día él era un niño amoroso e inquieto y al siguiente era todo un extraño con el que no paraba de pelear. Varias veces, al final de esas discusiones, le dije: «Vas a acabar muerto en una cuneta de la carretera».

Yo sabía entonces que las historias de drogadictos, salvo ligeras variaciones, son todas iguales. Así fue con mi tío Javier. Por él, la mamá, cuando estaba en casa de la abuela, no soltaba el bolso ni para entrar al baño. Al final, después de tantas salidas y entradas a rehabilitación, después de unir y desunir a la familia, después de que todos perdieran la esperanza, terminó hecho un indigente. Cada vez que veía a uno tirado en la acera, abría la ventanilla del carro y le escrutaba con minuciosidad los rasgos. Me parecía ver la cara de Javier en todos esos bultos sin forma desparramados sobre la acera. La indigencia no respeta a nadie.

Un día oí a mi abuela hablando por teléfono con una amiga. Le contó que no había vuelto al cine porque la última vez que lo hizo pusieron unas campañas locales sobre drogadicción antes de la película. En esas imágenes, Javier aparecía tirado en la calle consumiendo quién sabe qué droga. Mi abuela tuvo que salirse del cine y meterse entre el baño a vomitar. Allí se quedó encerrada llorando las dos horas que duró la proyección. Nunca le conté a nadie esa historia. Me impresionó tanto que, de manera obsesiva, seguí buscando a Javier en todos los indigentes que veía al otro lado de la ventanilla del carro. Me di cuenta de que en todos lo veía porque, al final, terminan pareciéndose los unos a los otros: la flacura extrema, el olor a rancio y esa suciedad que no se quita metiendo la ropa en la lavadora porque ya la llevan adherida a la piel como si fuera un tatuaje. La cara adquiere forma de triángulo: una figura geométrica plana, incapaz de expresar ninguna emoción que no sea el aburrimiento. El pelo enmarañado y la ausencia de varios o todos los dientes. Y como no tienen dientes, los labios se adelgazan, apenas una línea recta que termina olvidando cómo curvarse en una sonrisa. Sonreír ya no es para ellos, han perdido uno de los pocos rasgos que los hacen humanos, no obstante, tampoco llegan a ser animales, ningún animal se esfuerza en infligirse daño, ninguno se degrada con tanta saña, ni uno solo.

La saliva la tienen espesa, la boca se les contrae, un punto insignificante al cual algo tan natural como comer pronto le parecerá una actividad extraña. Algo ajeno a la condición que han adquirido. ¿Cuál es su condición? Ellos no lo saben. Yo tampoco. Parecen sombras sobre el pavimento. Las demás personas los pisan cuando caminan porque no pueden verlos. O mejor, no quieren hacerlo, es demasiado incómodo, hay que pasar de largo, imaginar que son tan solo sombras que pueden pisarse sin consecuencias. Hay que limpiar después la suela de los zapatos, desprender las migajas de suciedad que se han incrustado en ellos, embolatar el olor a rancio con perfumes costosos. No sé si son muertos que aún viven o vivos que ya están muertos, pero saber eso no es importante, no hay ninguna diferencia entre lo uno y lo otro. Miran las cosas sin verlas con sus miradas llenas de nada, reflejando el desconcierto de tener que consumir para seguir viviendo a sabiendas de que lo que consumen los está matando.

A Javier le dieron todas las enfermedades posibles, lo apuñalaron, lo golpearon, tuvo sobredosis, pero no se moría. Recuerdo que cuando mataron a mi padre yo no hacía sino preguntarme por qué Javier había bordeado la muerte durante toda su existencia y a mi padre le había bastado solo un balazo para irse. Uno nada más. Javier murió hace poco, rozando los setenta. Murió de viejo en una pensión de mala muerte. No hubo funeral. Nadie quiso acompañarlo. Una sombra menos que pisar en la acera, un muerto de verdad. Todos en la familia respiraron tranquilos cuando se enteraron de la noticia. No sé dónde está enterrado o si acaso lo cremaron.

Antes de que lo expulsaran del colegio por poner explosivos en el baño, mi hermano se ganó siempre el premio a mejor lector. Un día era un niño que devoraba libros y al siguiente sacaba dinero de las billeteras de todos. Un día era un niño que hacía gala de sus chistes sarcásticos y al siguiente tomaba mi carro sin permiso y lo devolvía hecho añicos. Un día era un buen deportista y al siguiente no podía pararse de la cama sin que le fallaran las piernas. Un día era un niño tan guapo que hizo varias campañas publicitarias y al siguiente estaba tan desfigurado que me costó reconocerlo.

Antes de rendirme, cuando aún pensaba que enfrentarlo serviría de algo, le dije lo de la cuneta porque prefería verlo muerto antes que tirado en la calle como un perro hambriento de esos que todos patean cuando se acercan a pedir comida. Había estado el fin de semana fuera de casa y al llegar no encontré ni un solo plato limpio. Las sartenes quemadas, el mesón lleno de restos de comida descompuesta, la leche derramada en el suelo, la basura a rebosar. Peleamos. Aún recuerdo sus gestos exagerados, su rostro tenso, su boca haciendo movimientos extraños como si los dientes no le cupieran dentro de ella y tuviera que hacer un enorme esfuerzo por acomodarlos.

Pero lo que más recuerdo es su mirada porque, en algún momento de la pelea, nuestros ojos se encontraron y supe que él ya no era él. No sabía quién era ese extraño que me desafiaba con los ojos tan quietos y brotados que parecían a punto de salir como un par de balazos. Siento náuseas cada vez que evoco esa mirada, creo que nunca nadie me había mirado así, espero que nadie vuelva a hacerlo. Me miraba con odio, con un desprecio tan grande que aún siento su peso. Se piensan cosas muy raras bajo el influjo de unos ojos como esos. No quería volver a mirarlo nunca más. Empecé a tener pesadillas tan fuertes que todavía me estremecen cada vez que las recuerdo. En una de ellas lo desmenuzaba. Desmenuzaba a mi hermano con mis propias manos. Lo hacía con una rabia que no me conocía. Cuando me desperté, tenía las manos aún apretadas y tensas. Me quedé mirándomelas mientras lloraba sin parar.

Creo que él sacó lo peor de mí. Me hizo mirar hacia mis zonas más oscuras. Me hizo recorrer lugares que no quisiera volver a recorrer nunca. Sin embargo, sé que están ahí porque él me los mostró y me gusta darme consuelo pensando que eso me hace un poco más real, un poco más humana.

Vendimos la casa y salimos huyendo por evadir su mirada. O tal vez porque nosotros ya no queríamos mirarlo. Y él no quería mirarnos a nosotros. Pasaron siete años en los que tuve escasas noticias de él. No porque no las hubiera, lo que pasaba era que yo no quería que nadie me las contara. No quería enterarme de nada de lo que hacía: que lo detuvieron, que lo apuñalaron, que se le fue la mano en pepas, que lo agarraron con más de la dosis mínima, que está muy enfermo de los pulmones, que expende drogas en la universidad, que tiene un cultivo inmenso, que vende tesis de grado. Era tan inteligente que hacía varias tesis de grado al año y luego se las vendía a los malos estudiantes. Todos se peleaban por comprárselas.

Nada, yo no quería saber nada, no quería ni oír su nombre. Pero una cosa es dejar de ver u oír noticias sobre alguien, marcharse de algún lugar cuando se intuye que él está a punto de llegar o esconderse en el supermercado cuando se sabe su presencia en el pasillo del lado, y otra cosa muy diferente es olvidar. En esos siete años no hubo ni un solo día en el que Pablo no latiera dentro de mí con ese latido expectante que anuncia que cualquier cosa puede pasar en cualquier momento.

Mi imaginación siempre iba un paso adelante. Andaba a tal velocidad que yo nunca llegaba a tiempo para controlarla. Mientras que yo corría y corría sin llegar a ninguna parte, ella ya había hecho de las suyas, ya se había imaginado el final de la historia. Y siempre era trágico. Si el teléfono sonaba a deshoras suponía que era él. O si llegaba un email desconocido o un encapuchado caminaba detrás de mí a lo largo de la acera, siempre era él. Si un extraño se quedaba mirándome o si el vidrio del carro se partía en mil pedazos, era él. Estaba en todas partes porque estaba en mi cabeza. Y yo no podía arrancármela para que dejara de imaginar tragedias que solo podían ocurrir dentro de ella.

Dejó de tramar historias el día en que, de verdad, ocurrieron. Sonó el celular. Contesté. Escuché atenta la voz de Santi al otro lado de la línea. Me explicó, con su voz pausada de médico, lo que había pasado. La moto, el bus, el retén de policía. No, no estaba muerto, todavía no. Lo recogieron inconsciente de la cuneta y lo llevaron al hospital. Sí, el golpe fue en la cabeza, nadie entiende cómo no se mató. Yo sí lo entendí. Pablo era fuerte, era tan temerario que desafiaría a la propia muerte aunque ya no hubiera esperanzas, nada más por llevarse el punto. Santi se esmeró en detallarme los posibles escenarios con crudeza. Eran tan horribles que el menos malo era morirse. Yo lo escuché sin perder la calma ni un instante. Había recreado un final parecido a ese muchas veces en mi cabeza. Colgué y me quedé en silencio de pie, aunque me temblaban las piernas. Me hice a un lado de la acera para no interrumpir el paso de los demás caminantes. Los carros circulaban despacio y, si había nubes de polvo y remolinos de hojas secas, era por los vientos de septiembre. La gente me empujaba al pasar, pero yo no me movía. Parecía sembrada sobre el pavimento. Un árbol inmenso y pesado. Una señora se detuvo frente a mí y me preguntó algo que no recuerdo, porque tenía la mente confusa y los ojos a un parpadeo de expulsar las lágrimas.

No, no iba a llorar, no quería llorar, tenía que aclarar mi mente, sospesar todos esos posibles escenarios. Calcular qué cartas iban a tocarme a mí. Ninguna era buena. No quería seguir siendo partícipe de ese juego, no más, por favor, no cuenten conmigo. Planto. Como si uno pudiera escabullirse tan fácil del juego de la vida; así no funcionan las cosas, no es tan sencillo como pararse de la mesa de un casino, irse a casa y olvidar el asunto unas horas después frente al televisor. Arruinado o no, pero irse, escapar de aquello que nos jode. Nadie puede irse de su propia vida ni del juego que esta le ha impuesto. Hay que llegar hasta el final, aunque nadie pueda precisar cuál es o dónde queda o cómo se llega. No hay instrucciones para ello, no existen en ninguna parte.

Sentí los rayos del sol quemándome la piel y un escalofrío recorriéndome entera de solo imaginar cómo iba a cambiarme la vida si, de repente, tuviera que empezar a cuidar un pedazo de apio.

No sé en qué estabas pensando, es que no lo sé. Cuando sonó mi teléfono y recibí la noticia me quedé paralizada, no podía articular ni una sola frase debido a la cantidad de pensamientos que, como ráfagas, cruzaron por mi mente en cuestión de segundos. Yo solo repetía como la lora de la casa: «¿Pablo?, ¿moto?, ¿moto?, ¿Pablo?». Es que, de verdad, te había visto cometer todo tipo de tonterías, pero un irresponsable como vos, no tenía ninguna posibilidad de salir invicto de una moto, absolutamente ninguna.

Eso lo sabía yo, lo sabía la mamá, lo sabían el resto de los hermanos, lo sabíamos todos. De lo que no teníamos ni idea es de que andabas en moto, sumábamos más de cinco años sin verte, sí, usé mis dedos para contarlos, ¿y qué? Nunca fui tan brillante como vos, nunca tan inteligente, no estudié Derecho, no me gradué con honores, en realidad siempre fui una más del montón y no tuve que consumir drogas para superarlo; por cierto, toda esa hierba que te robaba, la tiraba a la basura, como si un cacho menos del que te librara fuera a sacarte de ese abismo profundo al que le estabas buscando el fondo. «¿Pablo?, ¿moto?, ¿moto?, ¿Pablo?», seguía mi cerebro tratando de procesar la noticia del accidente, imaginando tu cuerpo moribundo tirado en la cuneta al pie de la carretera.

Cuando llegué al hospital se suponía que seguías con vida, pero qué va, si tenía más vida una rama de apio que vos, el golpe fue tal que tu cerebro se salió de órbita y se te derramó por los oídos; yo, te confieso, estaba más preocupada por mí y por la mamá, de solo pensar que tendríamos que llevarte a vos, pedazo de apio, de vuelta a la casa y cuidarte por el resto de nuestras vidas: bañarte, vestirte, afeitarte, cambiarte los pañales, alimentarte por una sonda, en fin, todas esas labores ingratas que, por alguna razón que no comprendo, terminamos siempre asumiendo las mujeres. La sola idea me revolvió las tripas. Vomité en el pasillo.

Me impresionó mucho verte, te lo juro, parecías otro, ¿en serio fueron solo cinco años sin vernos? Volví a contar. Volví a usar mis dedos. No, fueron siete, en realidad. Estabas tan flaco que tus dientes se veían gigantes, o bueno, lo que quedaba de ellos, porque nadie puede chocarse de frente contra un bus y no perder ni un diente.

Además, nunca te había visto con barba, ni con el pelo largo, no había visto tus facciones reposadas, tus arrugas incipientes, tu piel curtida, en realidad, nunca te había visto como un hombre, me gustaba más tu imagen cuando jugabas a ser abogado. Me gustaba incluso más cuando todavía eras niño, sí, es la imagen que voy conservar: voy a hacer de cuenta que no te vi, que no te moriste, que no creciste, que siempre serás el niño tierno y listo que se asoma, de vez en cuando, a mis recuerdos.

—Se murió, mamá, se murió, ¿entiendes? Antes era un pedazo de apio y ahora no es ni eso. Ahora es nada —le dije por teléfono cuando la llamé por la noche desde el hospital.

Habíamos esperado la tarde entera a que el neurólogo apareciera y le dictaminara muerte cerebral con el fin de poder desconectarlo, pero se murió antes. A Pablo nunca le gustó que le ayudaran. Su cuerpo frío y tieso aún seguía extendido sobre el mesón de acero inoxidable. Desde la sala de espera le veía una de las piernas. No podía quitarle la vista de encima mientras me preguntaba en dónde estaban las piernas flacuchas del Pablo que yo recordaba. La mamá se quedó en silencio al otro lado de la línea. La imaginé recostada sobre la cama mirando para el techo con los ojos vidriosos. Tal vez le temblaran un poco los labios, pero eso no es gracia, últimamente le tiembla todo. En eso se parece a la abuela, que tenía que servirse el café en una taza inmensa para que no se le derramara.

Me pregunté si acaso dejaría que las lágrimas corrieran rostro abajo o si lograría retenerlas. Seguro que las retendría, es experta en ello. Antes de colgar le dije que me dejara un hueco en la cama, que quería ir a dormir a su lado. Tenía esperanzas de encontrarla despierta para cuando termináramos las diligencias en el hospital. En un día normal ella se acuesta después de meter las gallinas al gallinero, porque justo a esa hora se le alborota el dolor de espalda. Pero ese no era un día normal, estaba lejos de serlo. Colgó sin decir ni media palabra. En su lenguaje eso significa: «Sí, ven a acompañarme», la conozco lo suficiente porque soy igual a ella. No me atrevo a pedirle nada a nadie. Me gusta que la gente haga las cosas por iniciativa propia y no porque uno las pide.

Hacia la medianoche logramos salir del hospital. Santi conducía y eso es algo que me pone nerviosa. A lo mejor es idea mía, pero nunca me siento tranquila a su lado. Pone la radio con más volumen del que resisto y, además, no me gusta el tipo de música que oye. A toda hora cree que está en una discoteca.

Estaba lloviendo. Lo recuerdo bien por la forma como brillaban las luces del carro de delante cada vez que el conductor pisaba los frenos. Y porque es raro que llueva en septiembre. Los ventarrones que elevan las cometas son los mismos que se llevan lejos las nubes y, junto a ellas, las lluvias. Me pregunté si el aguacero alcanzaría a llegar hasta donde la mamá. Eso es algo que suele ponerla contenta porque a las plantas les sienta muy bien el agua de lluvia. En todo caso, seguro que habría pasado la tarde entera regando el jardín y pensando si Pablo iba a morirse o si acaso tendría que cuidarlo el resto de la vida como si fuera una planta más.

—¿En qué estás pensando? —preguntó Santi.

—En nada —mentí. Iba a responder que me alegraba de que estuviera lloviendo, pero luego pensé que Santi no tenía ni idea acerca de lluvias ni de huertas. Las personas como él pueden salvar vidas humanas, pero ni siquiera saben que ciertas plantas, como las albahacas, no pueden dejarse florecer porque se mueren. Es paradójico, pero sus propias flores las condenan, hay que cortarlas para que la planta no se muera.

—David sigue sin aparecer —dijo.

—No me parece raro —dije.

Nos quedamos en silencio el resto del camino, mientras la radio escupía canciones a todo volumen. Pensé en David, que andaba en algún lugar de Europa sin saber aún la noticia. No queríamos que se enterara de la muerte de su trillizo por un email, pero al final, así fue como se enteró un par de días después. Demasiado tarde para venir, demasiado pronto para seguir su viaje con tranquilidad.

Cuando llegamos noté que la luz del cuarto de la mamá aún estaba encendida. Tomás, en cambio, andaba encerrado en su pieza decididamente oscura. Ni siquiera titilaba la pantalla de su computador y eso es muy raro. La vida de ese trillizo transcurre más en la virtualidad que en la realidad misma. A veces me pregunto si Tomás es un holograma, si esa es la razón por la cual no envejece.

Me bajé corriendo del carro y me recosté al lado de la mamá. La sentí como esa niña asustada y nerviosa que era yo a los once años, la misma que tuvo que dormir con la mamá hasta los catorce. La diferencia es que ahora la que estaba asustada y nerviosa era ella. «Así es como se cambian los papeles», pensé. Yo estaba temblando de frío y ella temblaba también, pero no sé si por los nervios, por el frío o porque esa es la herencia que le dejó la abuela. Tal vez por las tres cosas a la vez.

—Está lloviendo —dijo por decir.

—Está lloviendo —dije por responder.

Y nos quedamos en silencio oyendo las goteras caer sobre el techo de la casa. Por la forma cautelosa como se movía, supe que tenía dolor de espalda, pero no dijo nada. Ella nunca se queja, así se esté muriendo. La miré de reojo y me di cuenta de que había estado llorando. Giró la cabeza para el otro lado cuando notó mi mirada sobre ella. Nunca le ha gustado que la vean llorar.

—Y yo que me pasé toda la tarde regando la huerta —dijo para desviar mi interés en otra cosa que no fueran sus ojos vidriosos.

—Pues entonces los vegetales estarán doblemente contentos.

—No creas, todos los excesos matan, así el exceso sea de algo tan inocuo como el agua. ¿David ya apareció? —preguntó.

—Nada. Si de aquí a que amanezca no aparece, toca enviarle un email.

Me levanté para ponerme la piyama y lavarme los dientes. Luego me metí entre las cobijas. No nos dimos las buenas noches porque no tenían nada de buenas. Cada una se quedó tiesa en su propio lado, intentando espantar los demonios que querían subirse a la cama. Apagué la luz, pero no nos dormimos. Lo supe por la cadencia de la respiración, tan contenida, tan controlada. Inhala-exhala-inhala-exhala. Aunque estaba muy oscuro, sé que ambas mirábamos para el techo con los ojos abiertos y que queríamos abrazarnos y llorar hasta que se nos acabaran las lágrimas, pero no lo hicimos. La muerte de Pablo nos generaba sentimientos encontrados y no sabíamos cómo debíamos sentirnos. Y nos sentíamos mal por el hecho de no saberlo.

—¿Van a cremarlo? —preguntó al cabo de un rato.

—No se puede. Técnicamente fue un homicidio. El chofer del bus lo mató a él. —No había terminado de pronunciar la frase cuando me percaté de lo cruda que sonaba.

Nos quedamos calladas otra vez. Sé que estaba pensando que el chofer del bus no lo había matado, que Pablo se estrelló solito por andar huyendo del retén de policía que intentó detenerlo. Sé que también pensó en que no quería volver a ver ni un solo ataúd en su vida ni lidiar con restos ni ir a salas de velaciones ni a misas. No quería verle la cara a nadie y que nadie le viera la cara y le dijera: «Pobrecita, todo va a estar bien», «Encomiéndese al de arriba», «Mi Dios le dé fortaleza». No quería que nadie enviara flores ni la llamara ni fuera a visitarla. Lo sé porque ya habíamos pasado por eso y no estábamos dispuestas a repetir el espectáculo. Lo sé porque yo estaba pensando lo mismo y nuestros pensamientos suelen ser coincidentes.

Dormimos poco. Nos movimos, incómodas, toda la noche. Los demonios revoloteaban entre los travesaños del techo. Tal vez fueran los murciélagos, que tienen la costumbre de entrar por la ventana en busca de zancudos. A mí me parecen desagradables, pero la mamá los defiende diciendo que todos los seres tienen una función asignada gracias a la cual se mantiene el equilibrio natural del planeta. Nunca cierra la ventana porque seguro que no ha determinado cuál es la función de los zancudos. A lo mejor no sea otra que servir de alimento para los murciélagos.

Al amanecer sé que tuvo pesadillas porque la oí gimiendo. La sacudí con suavidad para despertarla.

—¿Qué pasó? —me preguntó con los ojos abiertos al límite.

Yo me quedé callada. Al cabo de diez segundos pareció acordarse y los ojos se le llenaron de lágrimas. Los cerró en un intento por que yo no lo notara y se hizo la que estaba durmiendo, pero estábamos demasiado inquietas para conseguirlo. No queríamos que amaneciera, pero tampoco resistíamos la oscuridad de la noche.

Los celulares empezaron a timbrar desde las siete de la mañana. Puede, incluso, que un poco antes. Sin ponernos de acuerdo los apagamos sin leer ni un solo mensaje. Ya sabíamos que, por lo menos nosotras dos, no íbamos a ir a ningún entierro. Al Negro le habíamos dicho adiós hacía mucho tiempo. Cuando nos levantamos, teníamos el cuerpo pesado como un bulto de piedras. Santi seguía durmiendo en el cuarto del lado. Tomás, que es madrugador, ya le había dado el maíz a las gallinas, el banano a las loras y el cuido a la perra y la gata. Ahora dormitaba acurrucado en la cama con Siracha. Me asomé y vi que ella estaba sobre él lamiéndole el pelo rojo con su lengua de lija.

Preparamos un montón de café y nos sentamos solas en la pérgola a tomárnoslo. «Tengo que comprarle una taza más grande», pensé, cuando la vi haciendo enormes esfuerzos para no derramarlo. Para ese entonces, el sol ya estaba calentando y los pájaros le hacían fila al banano. Las loras hacía rato que habían desaparecido entre los árboles.

—Qué raro que las guacharacas no anunciaron la lluvia de anoche —comentó.

—A veces no ponemos suficiente atención a las señales —comenté.

Me puse de pie con el café aún entre las manos. Ella se quedó sentada silbándole a los sinsontes. Caminé descalza sobre la hierba y sentí cómo me hacía cosquillas en las plantas de los pies. Me distraje en el camino cogiendo guayabitas rojas. Las feijoas se habían ido al suelo por culpa del aguacero. Noté lo mucho que me dolían los hombros, el cuello y los dientes. Seguro que los había apretado toda la noche. Me dirigí a la huerta a ver si se habían ahogado las plantas por el exceso de agua.

Cuando llegué vi que las albahacas estaban florecidas. Los apios seguro que también, pero no quise ir a revisarlos. Ya era demasiado tarde para cortarles las flores.

Nos tomó diez años vender la casa en la que vivimos juntos hasta que dejamos de soportarnos. Ahora que lo pienso bien, poco a poco fuimos huyendo de ella cuando la convivencia se tornó imposible. Santi compró apartamento, David se fue para Londres, Pablo se entregó a las drogas, Catalina regresó a su pueblo, Tomás y la mamá se mudaron a la ciudad y yo me fui a vivir con el primero que me lo propuso. Pasaron diez años sin que nadie hiciera nada por vender la casa y, durante ese tiempo, estuvo habitada no más que de abandono. Queríamos venderla, pero no queríamos. A veces las cosas son así, lleva tiempo tomar decisiones importantes.

Al final, la necesidad de dinero logró ponernos de acuerdo en que debíamos venderla, pero cada vez que estábamos a punto de cerrar un negocio, Pablo quería sacar ventaja y exigía sumas adicionales para firmar la venta. Estaba en la fase en que había perdido la vergüenza y cuando uno pierde la vergüenza no le queda nada más que perder.

Recuerdo esas noches silenciosas en las que el humo de la hierba se colaba por mi ventana, como si fuera neblina. Nuestros cuartos eran contiguos y yo lo percibía fumando hasta entrar en esas fases delirantes y agónicas en las que terminaba dándose golpes contra la pared. Esas noches solitarias en las que ponía mi cabeza debajo de la almohada y me volvía una bola pequeña y miserable sobre mi colchón. Esas noches de insomnio y lágrimas en las que me preguntaba si mi hermano disfrutaba del vértigo de andar al borde del abismo o si quería lanzarse a sus profundidades; si huía de sus demonios o si buscaba volver a verlos.

La casa fue vendida a unos sacerdotes y a la hora de entregar la propiedad nadie quería hacerlo. Por descarte me tocó a mí. Era un jueves de abril, el cielo estaba brumoso y la lluvia contenida en el filo de las nubes. Me fui con tiempo para sortear la autopista, manejé despacio como quien va a reencontrarse con un antiguo amor. Estaba nerviosa. Me mordí las uñas hasta que los rastros de sangre se acumularon en mis cutículas.

Media hora después me encontraba subiendo por los rieles de piedra. La maleza se había apoderado de ellos. Entretanto, los sauces sacudían con fuerza sus ramas largas y delgadas capaces de soportar los embates del viento. Mi madre solía decir que precisamente era la flexibilidad de sus ramas la que les permitía resistir sin desgajarse, tocar el suelo sin partirse en dos.

Parqueé el carro frente a la puerta principal. La araucaria se había desplomado porque, a diferencia de los sauces, las ramas eran tan voluminosas que no soportaron su propio peso. Me dio mucho pesar porque la sembró mi padre antes de morir y habíamos crecido juntas. Cuando paré de crecer, ella siguió haciéndolo a un ritmo vertiginoso y entonces la imaginaba imparable en un intento por tocar las nubes. Pero ahora yacía en el suelo. Era un tronco podrido del cual salieron toda suerte de insectos cuando traté de moverlo.

Luego posé mi mirada en esa casa en la que crecí. Habría podido recorrerla con los ojos cerrados. Ella me miró y yo la miré a ella, tratando de adivinar en nuestros rasgos lo ocurrido durante todos esos años de ausencia. La adiviné solitaria y vacía, a fin de cuentas una casa sin sus habitantes no es más que muros de ladrillo y tejas de barro tostadas por el sol y esculpidas por la lluvia. Nada más.

No me atreví a entrar, quise caminar primero por los alrededores, como quien evade lo esencial porque no sabe si está preparado para encarar la médula del asunto. Los corredores externos se veían más largos y vacíos que nunca. Ahora que las plantas no estaban, los corredores parecían haberse ensanchado como autopistas que no van a ningún lugar. Llegué al kiosco lleno de vacío, desde allí saludé a los laureles, sus raíces potentes y desenfrenadas habían resquebrajado todos los mosaicos y las baldosas. La maleza se asomaba por entre las grietas y eso me hizo acordarme de mi padre.

El kiosco se veía inmenso porque era la primera vez que no estaba lleno de gente. A mi madre le encantaba bailar y era allí en donde organizaba fiestas que se extendían hasta el amanecer. Pero ahora todo estaba en silencio y el silencio adquiere un tono extraño cuando habita lugares decididamente bulliciosos. De vez en cuando, se oía el leve susurro de las hojas secas que ahora yacían acumuladas en los rincones, bailando silenciosas con el viento.

Creí ver vida en el gallinero y cuando me asomé, una rata salió corriendo de entre la paja donde mis gallinas solían empollar sus huevos. Sin saber muy bien por qué comencé a llorar, mientras mis ojos la seguían cañada abajo, perdiéndose entre la manigua. Esa manigua que se tragaba los balones, los juguetes y la ropa que el viento desprendía del cable en donde mi madre la ponía a secar para que quedara oliendo a sol.

Hasta la cañada me asomé buscando las tortugas, que también habían huido, pero solo vi olvido y maleza. Los cadillos se me pegaron a las medias y me chuzaron los tobillos. A lo lejos gritaban las guacamayas que habíamos liberado cuando desalojamos la casa. Su eco de colores vibró entre las montañas y retumbó en mis oídos. Los árboles, como guardianes, seguían firmes y frondosos, alimentados por años de tejido vegetal acumulado y fruta descompuesta, porque ya no había quien la recogiera.

Nunca imaginé que la verde exuberancia pudiera albergar tanta desolación. El verde sobre el verde contenía todos los colores, todas las formas, todos los olores. Se había hecho más verde en nuestra ausencia y nosotros, en cambio, habíamos palidecido, como las ranas de los platanales, que son tan blancas que se vuelven transparentes, son tan transparentes que se vuelven invisibles, son tan invisibles que terminan estripadas bajo una pisada desconocida.

Me armé de valor y entré. Amé la infinita luminosidad del interior, solo posible por sus cincuenta y cuatro ventanas que nunca supieron lo que era una cortina. Y por su patio interno sembrado de bifloras y enredaderas que habían crecido descontroladas tomando posesión de las columnas, de las vigas del techo, de los balcones, de todo.

Un papayo cargado de fruta se había abierto paso entre las apretadas piedras del patio interno, supongo que por las semillas que dejaron caer las guacamayas años atrás. Cuando la vida quiere abrirse paso no hay nada que se lo impida. Era extraño sentir tanta vida invisible latiendo en esa casa que cada vez era menos mía. Sus dueños eran ahora los animales, las plantas. Uno conoce un lugar en la medida en que conoce sus ruidos y yo ya no reconocía ninguno. Por un momento me sentí como una intrusa, una extraña observada por ojos invisibles escondidos entre las enredaderas.

Me senté a llorar a un lado de la pileta y su agua putrefacta llena de renacuajos que se convertirían en sapos después de las lluvias de abril. Y llorando escuché risas de niños reverberando en los corredores, los silbidos de los sinsontes, los regaños de la mamá. Oí las peleas infantiles, la música de los bailes y las fiestas y también las canciones que solíamos cantar. Oí la voz de mi padre, a la que una bala había silenciado hacía tiempo y que yo creía haber olvidado. Le vi la cara. Tenía grabada en ella la mueca con la que se despidió de mí el día en que lo mataron, sin que ninguno de los dos supiera que sería la última vez que la vería. Oí los golpes que mi hermano se daba contra las paredes, atormentado por sus demonios y sus alucinaciones, pero, al mismo tiempo, vi su fantasma festivo y bulloso, de las épocas cuando era un niño feliz.

No logro acordarme de la última cara de Pablo, solo lo que quedó de su rostro desencajado e inerte en el frío mesón del hospital, luego de que sus fantasmas ganaran la partida y se estrellara contra un bus que pasaba por la autopista a toda velocidad. Esa cara tan ajena y tan distinta a la que guardaba en mis recuerdos, pero que reconocí porque conservó, hasta el día de su muerte, esas facciones perturbadas, esa mirada triste y angustiada que yo tanto conocía.

Y fue a su espíritu al que le rogué que pasara a recoger sus mejores recuerdos, porque los hubo, aún podían sentirse por todos los rincones de la casa, danzando ligeros, como partículas de polvo.

Dicen que cuando uno va a morirse ve la vida pasar frente a sus ojos. Pues bien, yo moría en ese momento. Mis propios recuerdos me atacaban como dagas; me dolían y me regocijaban, me descuartizaban y me reconstruían, me destripaban y me insuflaban vida.

Creyéndome sola, lloré sin consuelo; las lágrimas goteaban en la pileta, tintineando como campanas de plata, agua sobre agua. Mi cuerpo se deshizo en espasmos tratando de recuperar el aliento y entonces sentí una mano suave posarse con delicadeza sobre mi hombro. Era uno de los sacerdotes que había ido a recibir la casa. Me extendió su pañuelo y nos quedamos en silencio. Los pájaros, sintiéndose seguros, repoblaron las enredaderas, una ardilla nos miró curiosa desde el tejado, esperando a que nos marcháramos para atacar las papayas maduras.

Yo me tomé mi tiempo para calmarme, sabiendo que los sacerdotes están entrenados en el arte de esperar, silenciosos, cosas que nunca pasan. Cuando me sentí con fuerzas me puse de pie y le entregué las llaves diciéndole: «Esta es su casa». Pero ambos sabíamos que no lo era. No podía serlo porque veintiocho años de recuerdos no se entregan con una llave. Él me sonrió y me dijo que oraría por todos nosotros. Yo le agradecí porque hacía años que me había cansado de orar.

Cuando nos fuimos de la casa, la mamá desmanteló el vivero y regaló casi todas sus orquídeas. Ese mismo día abrió las jaulas y volaron canarios, periquitos y guacamayas. Llegó a su nuevo apartamento en la ciudad con muy pocas cosas. Además de sus plantas, había regalado casi toda la ropa y los muebles. Tenía la edad suficiente para saber que las cosas más importantes de la vida no son cosas y que aquello que realmente importa no puede llevarse en ninguna maleta.

Por eso llegó al lugar en el cual viviría casi sin equipaje. Llegó con las jaulas de los sinsontes y algunas de sus orquídeas más queridas. Fue difícil elegir, a todas les tenía mucho cariño. Incluso a las que casi nunca florecían. Sobre todo a esas, tal vez, porque le habían enseñado el significado de la palabra «paciencia». Las mejores enseñanzas de la vida se reciben de quien uno menos espera.

Semanas después de estar viviendo allí experimentó lo que sentían los sinsontes dentro de las jaulas, así que una mañana decidió liberarlos. Se fueron cantando, sin mirar atrás, las melodías que ella les enseñó. Jamás regresaron, a pesar de que nunca dejó de comprar higos para dejarles en los resquicios de las ventanas. Los pájaros no pueden mirar atrás, supongo que necesitan hacerlo hacia delante para poder volar sin estrellarse contra los ventanales. Y sin embargo, se estrellan, porque hay que estar vivo para estrellarse alguna vez. Cuando lo hacían, ella dedicaba horas enteras a reanimarlos a punta de agua azucarada.

A menudo, en las mañanas solitarias y cálidas, se sentaba en su minúsculo balcón a tomar café y se ponía a silbarles en busca de una señal de vida, pero nunca obtuvo respuesta. Esta vez no se dejó agobiar por la tristeza. Ya estaba habituada a las partidas definitivas. A lo que no pudo habituarse fue a la ciudad. Uno es de los lugares que extraña, no de los que habita y mi madre, igual que los pájaros, pertenece a los bosques. Las personas capaces de admirar hasta las flores que nacen en las grietas, de recoger semillas y germinarlas porque creen en el mañana, aunque no tengan claro del todo qué es el mañana, no son capaces de vivir rodeadas de cemento.

Un día anunció que iba a volver a vivir en el campo y mis hermanos y yo nos asustamos. Tratamos de detenerla, como si pudiera detenerse a una mujer como mi madre. Tanto vivir junto a ella y no saberla capaz de todo es no conocerla enteramente, y eso es justo lo que me gusta de mi madre, esa capacidad de sorprendernos, esa imposibilidad de adivinar cuál será su próxima movida.

Los años se le han acumulado en las manos ásperas como la corteza de los pinos, porque se mantienen llenas de callos de tanto trabajar en el jardín. Se han acumulado en las pecas que le salpican todo el cuerpo como si fueran vetas de esas que delatan la longevidad de la madera y las vicisitudes del tiempo. Se han acumulado en los brazos llenos de venas que se parecen tanto a las raíces de sus orquídeas. Y en la piel, también se han acumulado en la piel, que últimamente se ha tornado más delicada que los pétalos de las flores. Pero se han acumulado, sobre todo, en los huesos, rendidos ante la osteoporosis, porque es imposible tener unos trillizos y no sacrificar los huesos en el intento.

Le duelen la espalda y las articulaciones, pero nunca se queja. Nadie puede decir que la haya oído quejándose alguna vez, a ella, que tuvo tantas razones para hacerlo; tal vez por eso, no resiste a la gente que se queja por tonterías. A lo mejor es esa y no otra la razón por la cual no tiene más que un par de amigas. No soporta a casi nadie. Tan solo a un puñado de gente que todavía no se ha cansado de llamarla y que ya se resignó a que ella nunca lo haga.

Cuando quedó viuda asumió, sin dudarlo, el papel de hombre de la casa: aprendió a manejar la guadaña y la motosierra, a aspirar la piscina, a insuflar los agujeros de las hormigas arrieras. Hubo épocas en las que manejó más de doce horas una camioneta con cinco niños por carreteras plagadas de guerrilla para no dejarnos sin vacaciones. Aunque criar sola cinco hijos la recargó con una cantidad descomunal de cosas por hacer, siempre encontró tiempo para sus plantas. Sembrar, regar, abonar: esa ha sido su mejor terapia. No es raro verla hablando con las orquídeas. Son sus preferidas. Aunque han pasado los años parece que la mamá nunca se cansa. Somos nosotros los que nos cansamos de verla todo el día revoloteando por ahí.

Sale sola a medianoche, con un machete entre las manos, para descubrir por qué ladran los perros. Se levanta a espantar los zorrillos salvajes que acechan el gallinero. Nunca se mostró asustada con nada, así estuviera temblando por dentro. No se le quiebra jamás la voz, ni aquellas veces en las que estuvo a punto de derrumbarse. Porque se derrumbó, claro, muchas veces. Y otras tantas se estrelló como los sinsontes contra las vidrieras, pero siempre lo hizo encerrada en su cuarto para que nosotros no nos diéramos cuenta de que lo único firme que teníamos en nuestras vidas también podía flaquear e irse al suelo alguna vez.

Dejó de ser complaciente y aprendió a decir «no» aunque los demás esperaran la respuesta contraria. Parece imposible que ese cuerpo tan menudo sea capaz de albergar tanta fortaleza. Mi madre no es lo que parece. Su presencia es contradictoria como las lluvias en la selva, que dan la sensación de estar cayendo de abajo hacia arriba y hacen charcos en los que el agua se aprieta para que las nubes puedan mirarse en ellos.

Puede combinar su pelo brillante como un manto de seda negra, al que ni las canas se han atrevido a desafiar, con unas gafas de marca y un par de botas de caucho para resolver los asuntos típicos de una finca. Sabe de plomería y de motobombas, tanto como sabe de cocina. Sus tortas son de fama y cualquiera daría la vida por sus pasteles de pollo. Sabe hacer pan y mantequilla. Sabe batir arequipe, manjar blanco y bocadillo. Sabe hacer mermeladas, hojuelas y chicharrones, sabe de todo. «Yo no siempre tengo la razón, pero casi siempre» es algo que dice todos los días. Y los años nos han demostrado que es mejor no desmentirla.

Al filo de los setenta se cree igual de fuerte que la madera del caobo, así que desoyó todas las razones por las cuales nosotros pensábamos que no debería embarcarse en el proyecto de vivir otra vez en el campo. Los caobos son así, creen que pueden resistirlo todo. Además, la mamá es el tipo de personas a las que la única forma de sacarle una idea de la cabeza es cortándosela. Por lo general cuando comenta que quiere hacer algo, es porque ya tiene la mitad hecha, así que, un fin de semana, cuando la llamé para invitarla a almorzar, me dijo que andaba en la montaña buscando dónde vivir.

Subí un sábado a ver el terreno que había comprado y recuerdo que me pareció el lote más insulso del mundo. No entendía en qué estaba pensando la mamá cuando lo adquirió. Había sido un potrero durante años, no tenía ni un solo árbol. Ni uno. La grama no era grama, sino maleza. La tierra no era fértil, sino amarilla. Estaba en la cima de una montaña y eso, por lo menos, le aseguraba una buena vista, pero no había ni un punto plano en donde asentar una casa. A un costado había un humedal putrefacto, lleno de insectos y manigua. No se podía caminar por allí sin que lo devoraran a uno los mosquitos o se le encallaran los zapatos en el lodo. La vegetación era agresiva e inclemente. Todo chuzaba: la piel quedaba llena de rasguños y las medias de cadillos. Donde ella veía un montón de cosas bellas yo no lograba ver nada más que un ingenuo entusiasmo. Pero no dije nada.

La construcción avanzó a pasos de gigante porque ella apuró a los trabajadores y los llenó de tareas con el fin de no dejarles ni un segundo para que se distrajeran fumando hierba. Se descomponía solo con el olor porque le recordaba a Pablo. Pronto, los obreros se dieron cuenta de que, mientras la mamá estuviera al mando, no tendrían de otra que marchar a sus órdenes. Y marcharon. La casa se construyó en tiempo récord. Cuando subí a verla me puse llorar de lo bonita que le había quedado. Tiene más ventanas que paredes y la luz se pasea con descaro por todos los rincones y se enciende como una hoguera a través de los ventanales. No es posible asentar la mirada en algún lugar sin ver las montañas verdes que la rodean.

Ella misma desprendió la maleza con sus propias manos y extendió el prado verde como si fuera un tapete. Parecía creando el mundo. Luego comenzó a cavar hoyos y a plantar árboles, le salía sangre de las ampollas en las palmas de las manos, pero no paraba de hacerlo. Salía en su camioneta a recoger todo lo que veía al borde del camino. Cualquier cosa que pudiera sembrarse le servía. Recogió hasta piedras para poner en el humedal. Los campesinos la miraban aterrados cuando pasaba, una y otra vez, con su camioneta llena de ellas.

A todas las visitas que le preguntaban qué regalo le hacía falta para la finca ella siempre respondía lo mismo: «Árboles», aunque le faltaban muchas otras cosas, le faltaba casi todo en realidad, pero ella estaba obsesionada con sembrar tantos que fuera imposible caminar sin toparse con alguno.

Entre su buena mano y toneladas de abono, el verde empezó a ganar terreno. Una rama crece en un solo día lo que normalmente le tomaría meses. Si uno se sienta a mirarla fijamente la ve extenderse con voracidad. No sé si sus plantas son iguales a ella o si ella es igual a sus plantas. Mi madre piensa que está sembrando un bosque, pero es el bosque el que la está sembrando a ella. Ahora no para de florecer.

Cada vez habla menos, pero su presencia abarca más. Como esos árboles gigantes que generan respeto de solo verlos. Guardianes silenciosos del bosque. Proveedores de sombra. Sus ramas albergan a todo aquel que quiera posarse sobre ellas. Su imponencia es tal que llega uno a sentir que la vida vale la pena solo si encontramos la razón por la cual nos fue concedida. Creo que mi madre tiene claras sus razones.

Recorrer sus predios es lo más parecido a reconciliarse con la existencia. Huelen a lo mismo que debió de oler el mundo cuando recién fue inventado. Todo es tan limpio y luminoso que lo hace a uno avergonzarse de ser nada más que un simple humano. Dan ganas de volverse árbol y aguardar silencioso e inmóvil bajo sus cuidados, sin más ambición que ver el tiempo pasar, aunque sin noción alguna de qué es el tiempo exactamente. Solemos pasar horas sentadas en las piedras mirando el paisaje, diciéndonos todo sin decirnos nada, como si fuéramos árboles del mismo bosque.

Pronto, las soledades empezaron a poblar los barrancos y las guacharacas a avisar sin falla de la llegada de la lluvia. De los árboles penden recipientes con agua azucarada y los colibríes llegan como enjambres y hacen fila suspendidos en el aire para beberla. En las noches oscuras y despejadas no se sabe dónde terminan las estrellas y donde comienzan las luciérnagas y uno tiene que frotarse los ojos para averiguarlo y para cerciorarse de no estar alucinando. Es demasiado hermoso para que exista y, sin embargo, existe porque mi madre lo creó, porque en este mundo, a veces, también hay lugar para las cosas hermosas. Y para las personas como mi madre, capaces de crear bosques a sabiendas de que ni siquiera les alcanzará la vida para disfrutarlos.

No sé si mi madre terminará por convertirse en un árbol y plantarse en su propio bosque. A lo mejor ya lo es —o siempre lo ha sido— y no nos hemos dado cuenta. Sería una actuación muy propia de alguien como ella. Si aún no es un árbol, llegará el momento de convertirse en uno, cuando no sea más que cenizas que lancemos a puñados sobre la tierra fértil.

O tal vez antes, si acaso los brazos siguieran alargándose como ramas y las pecas marcando el cuerpo como las vetas a la madera. O si las venas continuaran en su empeño de asomarse y la piel adquiriera la textura de los pétalos de las flores. Dicen que hay que saber lo que uno quiere ser en esta vida. Eso es algo que ella tiene claro y, por eso, prepara desde ya su propio bosque en el cual plantarse alguna vez.

Me fui a Londres huyendo de mis demonios, como si no los llevara por dentro. Huía del recuerdo de mi hermano y de mi incapacidad para entenderlo. Huía porque no podía ni pronunciar su nombre. Huía de mis dolores de espalda, de un trabajo que odiaba y de un novio que no sabía cómo amarme. Pasé un invierno más frío que todos mis inviernos juntos, caminando sola por el borde de los charcos congelados, intentando no resbalarme. Me perdí entre callejones húmedos que reflejaban sobre el suelo las luces amarillosas de las farolas, oyendo el incesante quejido de las sirenas y preguntándome por qué algo tan bulloso como una sirena tiene el mismo nombre de las mujeres silenciosas que habitan los mares.

Me resistía al afán de una ciudad tan afanada. La pasaba sola, siempre sola, extrañando los colores y la algarabía tan propia de este lado del mundo. Ningún desconocido me sonreía, ni siquiera cuando compartíamos la banca de algún parque. Me sentaba en ellas por horas hasta que apretaba el frío y tenía que entrar a algún mercado o estación del metro nada más para calentarme. Pasé días enteros sin pronunciar ni una palabra, sintiéndome transparente. Allá casi nadie me miraba, yo tenía que buscar mi propio reflejo en las vitrinas de los almacenes o en la superficie de los charcos congelados para estar segura de que no había dejado de existir. Y allí seguía: más pálida, más blanca, más triste; escondida bajo mil prendas que nunca eran suficientes para mitigar el frío. Me demoré en entender que los ingleses viven ocupados paseando sus afanes por esas calles que destilan melancolía en toda la escala de grises y que, para ellos, mirar fijamente a alguien es de mala educación.

La mayoría de la gente recuerda a Londres por el nombre de las calles, por los pubs llenos de hombres a los que les sobra un trago y les falta vida, por los museos, las catedrales, las estatuas. Yo, en cambio, lo que más recuerdo de Londres son las camas de los hoteles. Tan blancas, tan mullidas, daban ganas de meterse en ellas y quedarse ahí para siempre. La gente recuerda Oxford y Picadilly, yo lo que recuerdo son las sábanas de mil hilos del Vanderbilt y las montañas de almohadas de ese hotel de Kensington, cuyo nombre ya se me olvidó, tal vez porque estaba ocupada dejando que él acompañara mi soledad. Consintiendo que su lengua me bebiera entera. Permitiendo que inventara mi cuerpo con el recorrido de sus dedos y que contara mis pecas, una a una, con el fin de calcular cuánto sol había acumulado en ellas.

Nos amamos sin afán en todos los hoteles, desde Camden hasta Chelsea; de Lambeth a Whitechapel. Pasamos fines de semana enteros embebidos en nuestra propia desnudez, vestidos nada más que de sudor y semen y saliva. Éramos las olas en las que nos mecíamos con insistencia, a veces con la furia de las borrascas de altamar, a veces con la calma chicha de las mañanas sin viento. Éramos el mar entero y nos navegábamos como si no hubiera orillas, como si nuestro destino fuera llegar a ninguna parte.

Pasamos el invierno calentándonos bajo las cobijas que, a menudo, eran del color de la arena del desierto. En mi tiempo libre me la pasaba durmiendo como un animal en hibernación. Vivía cansada y somnolienta. Trabajé muy duro en oficios de poca monta para los que no estaba preparada. Cuidé niños, lavé platos, hice sánduches, serví mesas y cociné para un anciano que le tenía un miedo enfermizo a morirse, tanto, que me hacía marcar a menudo el número de emergencias, solo para estar seguro de que era capaz de comunicarme si acaso llegara a pasarle algo.

En los hoteles él me acechaba sin parpadear como un ave nocturna, mientras yo dormía el cansancio infinito que dan esos trabajos mal remunerados que son aceptados solo por inmigrantes. Decía que cada segundo que parpadeaba era un segundo perdido por no mirarme. Cuando me despertaba, al final de la mañana, lo encontraba recostado sobre la cabecera de la cama observándome, con la misma intensidad con la que se miran los amantes que se niegan a ponerle un nombre a su relación, porque saben que cualquier vez podría ser la última vez.

No sé si lo amé o si tan solo quería sentir la seguridad que me brindaban sus facciones reposadas por los años. No sé si lo amé o si lo que buscaba era sentirme protegida en esa ciudad de abrigos negros y pasos afanados. A lo mejor estaba aburrida de hablar conmigo misma en el espejo y de beber mi cara en el café. Tal vez estaba cansada de extrañar la calidez de orillas lejanas, de pensar que si muriera podrían pasar semanas antes de que alguien se diera cuenta.

Pudo haber sido mi padre, ese hombre, porque tomaba mi torso entre sus manos haciéndome sentir pequeña. Esas manos pacientes que sabían cómo desdoblar mi espalda en curvas imposibles. Esas manos inmensas que me hacían gritar, que me hacían saltar de cama en cama y de hotel en hotel, buscando en sus caricias una paciencia que yo no conocía. Pudo haber sido mi padre porque tenía la misma edad del mío cuando murió, dejándome en esa edad en que las niñas creen estar enamoradas de sus padres. Ambos cumplían años el 2 de mayo.

Cuando lo conocí, él parecía ser el único hombre que caminaba sin prisa en toda Inglaterra. Entró al British Museum a falta de nada mejor que hacer, le habían cancelado una reunión importante y su tren hacia Bath era el último de la noche. Yo, por mi parte, era la única mujer con tiempo para perder en las bancas del parque, contemplando el afán de los abrigos oscuros y la persistencia de la neblina suspendida en la estrechez de los callejones.

No sé si lo que sentía era nostalgia del pasado o cansancio del presente. A lo mejor no pasaba nada distinto a que había faltado ese día a mis clases de inglés y me sentía sola, cansada y aburrida. Si entré a ese mismo museo, a esa misma hora fue nada más porque era gratis, tenía frío y un abrigo que no me calentaba lo suficiente. En el cielo, las nubes estaban cargadas de agua que luego inundarían las calles y yo aún no había comprado un paraguas.

Por esos pasillos repletos de arte, sus ojos azules se metieron entre los míos. Me persiguió con cautela porque sabía que las mujeres jóvenes se asustan cuando son abordadas por hombres que les doblan la edad y que usan sombreros de copa alta. A mí me pareció tan mayor y me costaba tanto entender su acento que nunca se me ocurrió pensar que me estaba cortejando, a pesar de que, de repente, tuvo que ir más seguido a Londres y, por alguna razón, siempre perdía el tren de regreso a Bath.

Pasábamos horas conversando sin llegar a entendernos por completo. A veces solo nos mirábamos sin decirnos nada, nos mirábamos con insistencia porque sabíamos que un año pasa pronto y que esas miradas tendrían que alcanzar para recordarnos por el resto de nuestras vidas. En ocasiones también nos leíamos libros en voz alta, solo por el placer de escuchar el sonido de nuestras voces. Era profesor de literatura inglesa y yo tan solo una aprendiz de escritura con varias novelas en mente y ninguna en el papel.

Me besó una noche sin darme tiempo de pensar si debía rechazarlo o no. Cuando cobré la lucidez, ya su cuerpo había cruzado la frontera imaginaria que lo separaba del mío y su lengua había entrado y salido de mi boca; se paseaba por mi cuello y me susurraba cosas al oído que me costaba entender y, aun así, me erizaban la piel y me endurecían el pecho. Volví a perder la razón un instante mientras tomaba aire y me aseguraba de controlar el temblor de mis piernas, pero ese solo instante fue suficiente para que mi cabeza se perdiera en ese lugar nuboso e impreciso que se traga todos los pensamientos lúcidos.

Entretanto, su mano se coló dentro de mi abrigo, dentro de mi camisa, dentro de mí. Y allí la dejé, tal vez porque estaba lejos de casa y mi padre había muerto hacía tantos años que ya no recordaba lo que era sentirme protegida por un hombre. Él me devolvió algo que había quedado enterrado junto al cuerpo de mi padre: a su lado sentí seguridad, sentí abrigo, sentí que nada podía pasarme. Por él pude ponerle nombre al sentimiento que me venía acompañando desde los once años. Se llama desamparo y ocurre por la ausencia trágica del padre. Como consecuencia se buscan, de manera inconsciente, parejas mucho mayores. La espalda no volvió a dolerme. Seguí durmiendo de corrido todas las noches. Las pesadillas empezaron a desvanecerse.

En camas de hotel nos amamos todo un año con ese amor que no supo de las orillas y que, sin embargo, acabó cuando yo pisé aquella que me llevó de regreso a casa, muy lejos, en otro continente de colores y mares más cálidos. Trató de llegar hasta mi orilla muchas veces, pero yo ya estaba aferrada a otras manos que me llevaban tantos años como las suyas, pero que no eran las suyas. Nunca más lo volví a ver.

Me fui a un retiro de Vipassana buscando lo que no se me había perdido. Era verano en Santa María de Palautordera. Una ola de calor recorría España justo por esos días. Nunca en mi vida había sentido tanto calor. Iba informada pero no mucho. Sabía del voto de silencio, las dos comidas vegetarianas al día, las habitaciones comunales. Nada de eso me preocupaba. Tengo experiencia como meditadora, soy buena para el silencio, no como carne, me adapto fácil, me gusta mi compañía. Eso había pensado tres meses atrás cuando me inscribí en una lista de espera interminable para acceder a un cupo.

El primer día a las cuatro de la mañana sonó el gong. Casi no me levanto. La principal razón por la que decidí tener mi propia empresa es no tener que madrugar. En el baño compartido revoloteaba con otras treinta desconocidas. Solo se oían los ruidos que hacíamos: el agua de la ducha estrellándose contra el suelo, el cepillo de dientes cumpliendo su función, los sanitarios vaciándose una y otra vez, los pasos tratando de ser silenciosos, los estornudos, las narices sonándose, las uñas rascando la piel.

Primer día

A las cuatro y media todos estábamos en la sala de meditación. Los hombres a un lado, las mujeres al otro. Al sentarme estaba pensando que lo más difícil iba a ser madrugar. Tras dos horas allí sentada, me di cuenta de que madrugar era la parte fácil. Lo más difícil sería meditar. Y tendría que hacerlo por los siguientes diez días.

No sé qué me dolía más. Creo que la espalda. No, mejor el cuello. Cuando las piernas se entumecieron pensé que sería lo más problemático, pero luego los empeines reclamaban descanso y después se me encajó un dolor en los hombros. Al cabo de esas dos horas me dolían cosas que nunca me había dolido. Fueron las dos horas más eternas del mundo. Comprendí lo relativo del tiempo. Apenas eran las seis y media de la mañana del primer día, he ahí dos horas que se sintieron como años. Los gallos cantaban a lo lejos porque apenas se estaban despertando. Ni siquiera había salido el sol y yo ya estaba cansada.

Sonó el gong para anunciar el desayuno. Seguimos meditando hasta las once. Volvió a sonar para el almuerzo. Meditamos el resto del día. Qué fácil es ahora escribirlo «meditamos el resto del día» pero qué difícil fue hacerlo. «El resto del día» es mucho tiempo. Al final me dolía también la cabeza y el estómago. A las nueve y media de la noche sonó de nuevo el gong para informarnos que era hora de dormir.

Era tanto el silencio, que se oía cuando alguna abría el cierre de su bolso, cuando tomaba un sorbo de agua, cuando sacaba una pastilla. Se oían los ruidos del estómago porque no hay cena por la noche, no se pasa hambre, pero los estómagos suenan todo el tiempo. A lo mejor siempre suenan, pero uno nunca los oye, porque cuando se está en silencio durante tanto tiempo, se empiezan a oír cosas que nunca habíamos oído. Se oye el corazón, se sienten los órganos, se percibe la respiración rozando la nariz y la sangre corriendo por las venas.

Estaba furiosa conmigo misma. Pensaba que debería estar en la playa en vez de allá. Pensaba en una Coca-Cola. Pensaba en una chocolatina. Pensaba en todos los libros que tenía en lista de espera para leer. Pensaba en que debería estar escribiendo. Pensaba en los días que me faltaban para irme, hasta que llegó un momento en que no sabía ni qué día era. Dediqué muchas meditaciones al hecho de saber si era miércoles o sábado. Nunca pude saberlo.

Mi cama estaba llena de hormigas. No pude dormir bien porque me picaban toda la noche. Recordé que, cuando era niña y me enojaba con mis hermanos, les desharinaba una tostada en la cama para que se les llenara de hormigas. «Hola, karma, ¿cómo estás?» Pensaba y pensaba sin parar, con esta mente indómita, entrenada para racionalizar todo lo que le pasa y que, en ese momento, por alguna razón, no podía entender lo que le estaba pasando.

Los otros días

El segundo día fue igual que el anterior. Y el tercero y el cuarto. Tanta quietud me costaba, porque soy muy activa. Dos chicas empacaron sus maletas y se fueron. No recuerdo sus caras. En los pocos ratos libres iba a caminar en la zona que tienen dispuesta para ello. Miraba los conejos silvestres. Quería convertirme en conejo y huir. Miraba las cigüeñas buscando los postes de luz para dormir. Quería convertirme en cigüeña y salir volando. Escribía mentalmente mientras caminaba. Escribí toda una novela. Y contaba. A veces, contaba por contar, a veces, contaba las horas que me faltaban para irme, a veces, contaba mis propios pasos. La zona por donde dejan caminar mide trescientos pasos. Los conté muchas veces. Habría batido un récord si hubieran medido las veces que la recorrí.

Caminaba deprisa, seguía furiosa. De buena gana me habría devuelto a Madrid trotando. Quería correr tan rápido como pudiera. Correr y escribir. Escribir y correr. Eso era lo que quería. Esa manía de querer lo que no se puede tener. Saber que cuando estoy trotando siempre pienso en que quiero sentarme a meditar y ahora que podía dedicarme nada más que a meditar solo pensaba en correr. Parece que soy buenísima huyendo. Suelo decir que la gente nunca sabe lo que quiere. Yo tampoco.

Uno nota que los demás se empiezan a acoplar al cuarto día. Yo no. Seguí peleando con mi mente hasta el sexto día. Ya hasta rehusaba levantarme a las cuatro de la mañana. Ese día no lo hice. Me llamaron la atención. No me importó. La única razón por la que no abandoné es porque oía la voz de mi madre diciéndome: «Le faltaba más cuando empezó». Y sus palabras retumbaban en mi mente como una campana: «Le faltaba más cuando empezó», «Le faltaba más cuando empezó».

El séptimo día

El séptimo día tampoco madrugué. Me levanté directa a desayunar a las seis y media. Estaba en mi límite. No resistía ni un minuto más. Ni uno. Y, de repente, en medio del desayuno, mientras revolvía la avena con mi furia, me puse a pensar que allá yo no era nadie. El sol estaba saliendo. Llevaba siete días sin oír mi nombre ni mi propia voz. Sus rayos me cegaban. Nadie sabía qué había hecho, qué cosas materiales tenía, cuáles eran aquellos logros de los que me sentía orgullosa. Las cigüeñas se fueron volando. Me di cuenta de que nadie me miraba, de que no existía, porque mi yo imaginado se alimenta con lo que piensen los otros y llevaba siete días sin que nadie lo alimentara. Los conejos mordisqueaban las manzanas que se habían caído al suelo. ¿Quién era yo, entonces? No lo sabía. Eso sacudió todos mis cimientos. Afuera el día comenzaba con placidez. La tormenta la llevaba por dentro.

Lo que me tenía furiosa era darme cuenta de que yo no soy yo, sino lo que otros creen que yo soy. No era más que una idiota que no sabía quién era, que no podía sentarse consigo misma a meditar por andar pensando que mejor debería estar en la playa y no allá. Mejor leyendo y escribiendo y no allá. Mejor trotando y no allá. Mejor tomando Coca-Cola y no allá. Mejor comprando cosas que no necesito y no allá. Me di cuenta de que esa espiral de deseos que nos hace humanos es la que nos hace tan desdichados. No disfrutamos el presente por andar pensando que lo mejor está en otra parte, siempre en otra parte. Nunca con uno, siempre en otra parte.

Y entonces pensé en Pablo.

Para aquel entonces llevaba dos años muerto después del accidente en moto. Por culpa de su adicción a las drogas pasamos peleados el uno con el otro los últimos siete años de su vida. Cuando murió, me di cuenta de que seguía furiosa con él y que tendría que convivir con ese sentimiento por siempre. Odiaba sentirme así, pero no podía hacer nada por cambiarlo. Uno no anda por ahí diciéndole al corazón: «Quiere a esta persona», «Deja de querer a esta otra», «Perdona a esta», «Olvida a esta otra»; ojalá fuera así de fácil. Ojalá.

Cuando experimenté en carne propia lo desdichado que es uno cuando no puede satisfacer los deseos de la mente, ocurrió algo inesperado, fue como un chispazo, como si me hubieran quitado una venda de los ojos, como si me hubieran susurrado algo al oído: entendí a mi hermano. Y, al hacerlo, un escalofrío me recorrió la espalda de arriba abajo.

Pablo era de los que nunca se conformaba con nada. Cada vez que recibía o lograba algo, lo desestimaba pensando que se merecía algo mejor. Quería más. Siempre un poco más. Era ansioso y demandante. Nada era suficiente. Nunca disfrutó lo que tuvo por pensar en lo que no tenía. Sus intentos por llenar un abismo sin fondo lo llevaron a las drogas. Ese abismo al que se asomaba constantemente tenía el nombre de nuestro padre. En ese momento pude verlo con claridad, sin embargo, me tomó años darme cuenta del momento en que empezó a caminar por el borde, a asomarse a sus profundidades. Comprendí, de repente, con una enorme claridad, lo terrible que debió de ser su lucha por obtener lo que buscaba y lo miserable que debió de sentirse, al no conseguirlo, intento tras intento. Día tras día. Año tras año, hasta sumar treinta y tres.

Esa forma de ver las cosas me sobrevino como una oleada, me arrasó, me revolcó. De un momento a otro empecé a pensar en él con compasión y no con odio. Me dio mucho pesar lo triste que debió ser su vida cargando con semejante insatisfacción durante tanto tiempo. Yo llevaba apenas siete días peleando contra mis deseos y me sentía muy, pero que muy desdichada, llena de frustraciones y de rabia. Estaba furiosa conmigo misma por no saber cómo sobrellevar esa situación límite a la que me había sometido voluntariamente. Y eso que solo llevaba una semana. Para él, en cambio, que peleó contra sus deseos durante treinta y tres años, debió de ser horrible. Una pesadilla. Nadie puede vivir sintiendo eso que yo estaba sintiendo durante tanto tiempo. Era para enloquecerse.

Lloré por él. Lloré todo el día. Lloré en las caminadas. Lloré en las meditaciones. En una de ellas empecé a sentir que giraba y giraba, era muy extraño, porque lo hacía para ambos lados al mismo tiempo, es difícil explicarlo. Giraba muy rápido, pero no me mareaba, por el contrario, era muy placentero, me sentía muy liviana, nunca había experimentado tal sensación. Por la noche, mientras me quitaba las hormigas, seguía llorando. La sensación de liviandad se quedó conmigo. Las hormigas también.

Y con esa sensación, cambiaron mis días. Fueron más llevaderos, las meditaciones más tranquilas, el tiempo ya no iba tan despacio. Todo lo recuerdo de manera difusa, como si hubiera estado dormida y soñando. Sentía mucha paz en mi interior. Entendí cosas que no había entendido. Me conecté con mi interior como nunca lo había hecho.

No sé si repetiría la experiencia de ir a un Vipassana. Lo que sí sé es que agradezco haberme dado la oportunidad de experimentarlo. Un viaje a bordo de uno mismo, es el viaje más difícil de todos. Es la única forma de llegar a conocerse, de dejar de medirse por la percepción de los otros. Mirar hacia dentro no es fácil; por eso, a menudo, andamos buscando en qué distraernos. Ahora, cuando me hallo buscando con desespero cosas para hacer, me regalo un instante para pensar si acaso hay algo de lo que esté huyendo.

Me fui a un Vipassana buscando lo que no se me había perdido y me encontré con lo que no estaba buscando. Al salir lo primero que hice fue tomarme una Coca-Cola con mucho hielo. Después de todo, no es tan fácil dominar los impulsos.

Siempre preguntas qué voy a hacer en la tarde. Nunca sé qué contestar. Mirar hacia el techo no es una buena respuesta. Aunque lo hago a menudo. Tengo talento para aburrirme, creo que aburrirse es una actividad infravalorada. A mí me da excusas para escribir y a ti te da excusas para hurgar entre mis papeles en búsqueda de ese texto recién escrito que siempre quiero que leas y que, por alguna razón, no me atrevo a darte yo misma. Siempre lo dejo en el mismo lugar para que puedas encontrarlo y siempre lo encuentras y lo lees y sueltas algún comentario de forma tan sutil que solo me doy cuenta de que hablamos de ello cuando me siento nuevamente a corregirlo y, de repente, adquieren sentido aquellos comentarios sueltos que dejaste escapar mientras lavabas los platos. Está claro que nuestro secreto no es que yo me oculte para escribir y tú para leer, sino que actuemos como si no lo supiéramos, aunque ambos, de sobra, lo sepamos.

Siempre preguntas qué voy a hacer en la tarde. Por lo general, respondo lo mismo, aunque no sea verdad. Jamás admitiría que cada vez soporto menos a la gente y me gusta más este apartamento diminuto y helado en el que decidí aislarme dos años para poder escribir. Tampoco admitiría que converso sola. Que me miro al espejo cuando quiero ver una cara conocida. Que mi propio reflejo me asalta en la superficie del café negro y amargo que me tomo todos los días. Sabes que lo que más me gusta de haber venido a Madrid es no conocer a nadie y no tener que inventarme excusas para poder quedarme en casa.

Ahora tengo tiempo para escribir este libro con todas esas cosas que me digo a diario y que, sin embargo, nunca he sido capaz de contarle a nadie. Conoces algunas, sí, pero te estoy revelando otras que explican por qué soy como soy y por qué no podría vivir con alguien que no fueras tú. Eres el único que entiende mis silencios y no se deja engañar con la estridencia de mis carcajadas. Nunca me regalaste un ramo de flores, aunque jamás te he revelado las razones que me llevan a odiarlas; seguro que ya que leíste ese capítulo: surgió de una idea que apunté alguna vez en aquella libreta que me aseguré de que encontraras.

Siempre supiste que soy mala para hablar, que me río a destiempo, que me aguanto el dolor, que me las doy de valiente cuando, en realidad, me estoy muriendo de miedo. Siempre supiste que la única forma de tenerme es dejarme libre y que sí, por supuesto que sí, íbamos a ser capaces de seguir juntos con un océano de por medio, a pesar de que todos los demás pensaran lo contrario. Siempre supiste, incluso más que yo, que todo esto valdría la pena y que este libro algún día dejaría de existir nada más que en mi cabeza para ocupar, al fin, un lugar físico en el mundo.

A veces, no tengo más remedio que salir de casa. Ir a clases de escritura, hacer las compras, arrojarle migas de pan a los pájaros del parque, andar sin rumbo en mi bicicleta hasta no ser capaz de regresar a casa por mis propios medios. Aún no distingo la derecha de la izquierda ni el norte del sur.

Vivo desorientada, pero lo bueno es que, a fuerza de perderme a diario, conozco lugares nuevos a los que, sin embargo, no sería capaz de volver al día siguiente. Sigo haciendo deporte; me cuesta quedarme quieta, pero ahora elijo actividades solitarias: salgo a trotar, a caminar, a nadar. Como no tengo televisión medito todos los días y escribo hasta cuando no estoy escribiendo. ¿Me creerías si te digo que no puedo dejar de redactar en mi cabeza mientras camino, duermo, pedaleo o emprendo alguna actividad repetitiva que no exija mucha concentración? Te confieso que el otro día ingresé a un equipo de sóftbol. Me ilusionó volver a jugar algo que me hizo tan feliz durante la época del colegio. Sin embargo, lo dejé a los dos meses. Creo que ya no estoy para los deportes en equipo.

Veo a menudo a mis compañeros de clase. Al principio no tenía elección. Ningún máster acepta a un solo estudiante. Ahora los disfruto. Ellos me gustan porque tienen sus rarezas. Creo que escribir no es para gente normal. Sigo haciendo yoga. Ya me paro en las manos.

Pregúntame hoy qué voy a hacer en la tarde. Antes de que tomes tu vuelo para venir a verme, antes de que te quedes dormido o metas las narices en el libro aquel del que seguro hablamos y cuyo título no recuerdo porque yo «nunca pongo atención cuando me hablas». Pregúntame antes de que cambies de continente, de que adelantes las agujas del reloj, de que hagas cuentas sobre los días que te tomará superar el *jet lag*.

Pregúntame porque hoy sí tengo una respuesta en la punta de la lengua, porque hoy tengo un plan bien estructurado, porque, por primera vez, dejé a un lado mi espontaneidad y estoy conjugando el verbo planear: yo planeo, tú planeas, él planea, nosotros planeamos.

Hoy voy a contar las horas que me faltan para verte.

Esconderé en el cajón de mi escritorio los últimos capítulos de mi novela. Hace poco se cayó un avión y eso me reconforta porque nunca hay dos accidentes seguidos. Te esperaré al pie de la puerta con la falda corta que tanto te gusta. La espera contiene todas las catástrofes del mundo. Enfriaré vino, compraré aceitunas y queso de cabra maduro. Los aviones pueden caerse en pleno vuelo. Haré un listado de lo que no te cuento por teléfono para que no se me olvide ninguna cosa. Prométeme que nada va a pasarte. Te leeré en voz alta todos los párrafos que he señalado en mi Kindle. Mi padre era fuerte como un árbol de guayabas. Voy a cocinar risotto con leche de coco o tal vez hummus con cuscús, aún no he decidido. Hasta los árboles más fuertes pueden desplomarse.

Hoy mejor voy a contar las horas que me faltan para verte.

Son muchas y son muy pocas. Ya ves, el tiempo es relativo. El tiempo existe solo porque nosotros lo inventamos. Igual perderé la cuenta. No soy buena para los números. Nunca lo he sido. Tal vez por eso escribo. Me gusta hacer cosas que no sirven para nada. Como mirar al techo y escribir lo que siento mientras te espero. Necesito dejar de pensar en lo que haría si no llegaras. No importa cuántas horas te demores, pero llega. Ya escondí mis textos en el cajón que ya conoces para que puedas encontrarlos. Me gusta que nuestro único secreto sea pretender que tenemos un secreto. Creo que es el único secreto del mundo que nos revela en vez de ocultarnos. Ahora me conoces mejor por la forma como escribo y te conozco mejor por la forma como me lees. No dejes de hacerlo nunca, te espero en cada párrafo de la misma forma como te espero frente a mi puerta. Cuando escribo me desnudo sin quitarme ni una sola prenda. Podría decir que me conoces mejor que yo misma y, aun así, decidiste estar conmigo. Por eso, aquí estoy esperándote. Aquí estoy pensándote. Aquí estoy escribiéndote para no tener que acordarme de lo que sentí aquel día que me quedé esperando a mi propio padre.

Adoro tus amagues a la hora de irte. Que te metas otra vez en mi cama, aun después de ponerte los zapatos, arreglarte el pelo que te dejé hecho un desastre, meterte la camisa por dentro del pantalón. Adoro que te devuelvas de la esquina, que cruces otra vez la calle, que toques otra vez mi puerta para darme un último beso, que no será el último, porque vas a devolverte otra vez, lo sé. Incluso cuando ya hayas detenido un taxi, al que le pedirás que te espere unos segundos mientras regresas por ese otro beso que dejaste en el borde de mi boca. Y que apenas cierres la puerta del carro me escribas un mensaje asegurando que ya me extrañas. Y que sea verdad.

Adoro que no te conformes, que quieras más y regreses a reclamarlo mientras me devoras con la mirada, mordiéndote el labio de abajo con los dientes de arriba. Y que, cuando hablemos por teléfono, así nos hayamos contado todo lo que teníamos para contarnos, no quieras colgar, solo porque deseas seguir oyendo mi risa y el sonido de mi respiración.

Adoro que te abraces a mi cintura, que me persigas por toda la casa, que te muestres vulnerable e inseguro y que te declares mío, aunque no seas mío, y que me declare tuya, aunque no sea tuya, pero que pretendamos serlo a ratos. También adoro tus ganas de volver, cuando ni siquiera te has ido, y que le pongas fecha a nuestro próximo encuentro, porque crees en las próximas veces, incluso con alguien como yo, que ofrece tan pocas certezas, que no cree en lo definitivo, que sale a trotar todos los días para no perder la costumbre de huir.

Me gustas porque no ahorras esfuerzos para hacerme saber que entre nosotros podría haber un mañana, así yo a ratos me asuste cuando me lo muestras. Me gustas porque te crees eterno y aún no conoces mis excesos de mortalidad. Ya sabes, cargo un trauma grande y suelo pensar que es normal que la gente que amo se vaya sin despedirse. Sé que es posible que cruces la puerta de salida una mañana y no vuelvas a cruzarla de vuelta por la tarde. Que cualquier sonrisa podría ser la última sonrisa. Que cualquier mueca podría ser la última mueca. Que los pasos frente a mi cuarto podrían ser los últimos pasos. Como esa vez cuando no tenía ninguna razón para pensar que habría una última vez y, sin embargo, la hubo.

Por eso y solo por eso sigue espantando mis muertos, sigue curando mis heridas, sigue regresando todas las veces que sean precisas hasta que me convenzas de que sí vas a volver. Sigue amagando con que no quieres marcharte, hasta que llegue el día en que no haya más remedio que irse. O hasta que llegue el día en que no haya más remedio que quedarse.

La cité a las cinco de la tarde pero yo llegué antes para apurarme un ron. Llevaba veinte años dándole vueltas al asunto en mi cabeza, buscando a quién contárselo. No quería dejar pasar más tiempo sin que alguna persona de su familia lo supiera. No sé por qué la escogí a ella, tal vez porque me gustó su nombre y la foto de su perfil de Facebook, tal vez porque pensé que un asunto sensible, como este, sería mejor asimilado por una mujer.

Aunque nunca la había visto en persona, la reconocí a lo lejos porque caminaba despacio, como quien quiere dilatar un encuentro, pero, al mismo tiempo, no puede resistirse a él. Cuando estuvo más cerca supe que era ella, porque vi en sus ojos la misma nostalgia reposada que yo llevaba en los míos. Tendría mi edad, más o menos, pero los hombres solemos ser malos con ese tipo de cálculos, y además, a las mujeres de tenis y pelo largo es difícil adivinarles los años. Estaba muy callada, no supe si era tímida, si tenía miedo o si la melancolía había devorado sus palabras. Supongo que todo a la vez. Aceptó un café sin azúcar que apenas probó. No quiso comer nada.

Hubiera querido conversar primero sobre otros asuntos, pues de ella no conocía más que ese silencio que llevaba por dentro, esa mirada opacada por el mismo tono de resignación que opacaba la mía, esa huella transparente que dejan las tristezas no resueltas. Hubiera querido preguntarle cómo estaban su perro, sus hermanos o sus hijos, si es que los tenía, pero ni siquiera sabía quiénes ocupaban sus pensamientos.

Tanto silencio me obligó a hablar, a decir en voz alta esas palabras que llevaban veinte años atrancadas en mi garganta, asfixiándome con su peso; a dejar salir, por fin, esa historia que había ensayado muchas veces en mi mente.

Le conté que a mi padre lo habían matado hacía veinte años, un día de mayo. Le conté que un sicario le había dado un disparo. Le conté que murió de inmediato, que no dejaron cremar su cuerpo, por si había que investigar, le conté que nunca investigaron porque en este maldito país nadie investiga nunca nada.

...

Silencio, siempre ha habido no más que silencio. Ni la Policía, ni la Fiscalía, ni los investigadores que no dejaron cremar el cuerpo, por si necesitaban desenterrarlo en busca de pistas, emitieron ni una sola palabra. No hubo capturados ni sospechosos ni investigación; solo silencio, hasta que el cuerpo de nuestro padre se deshizo de tanto esperar bajo tierra junto al árbol de mangos.

Se pudrió dentro de su ataúd esperando la justicia que tanto había ejercido mientras estuvo vivo. Desde eso, el árbol de mangos ha dado veinte cosechas. Una cada año. Su tumba, a menudo, era un amasijo de mangos podridos y maleza que dejamos de arrancar cuando no pudimos volver. Todavía me estremece el olor a fruta descompuesta y si no resisto los floreros es porque me recuerdan las flores mustias sobre su lápida. Fuimos todos los domingos al cementerio mientras pudimos hacerlo. Había mucho dolor en ese pedacito de tierra. Quedábamos deshechos cada vez que íbamos y luego nos costaba mucho recomponernos y, cuando lo estábamos logrando, ya era domingo otra vez. Luego nos advirtieron que no era seguro volver. Y no volvimos.

Nosotros también nos quedamos en silencio cuando nos cansamos de hacer conjeturas, de preguntarnos por qué nuestro padre buscaba todos los días nuevas rutas para llevarnos al colegio, por qué estaba durmiendo tan mal, por qué había vendido el carro de toda la vida. Seguimos en silencio mientras especulábamos sobre las razones por las cuales insistió tanto en hacerle promesas al Señor Caído, por qué no dijo nada acerca de esas cartas amenazantes que encontramos después dentro del cajón de su escritorio, por qué no se le ocurrió contarnos que querían matarlo cuando su presencia se volvió incómoda, como la maleza.

Reconstruimos la imagen del asesinato mil veces con los pocos retazos de información que teníamos. La vecina de enfrente estaba en el balcón cuando nuestro padre llegó a almorzar donde la abuela y, al bajarse del carro, fue abordado por un sicario, mientras el otro esperaba en la motocicleta para apurar la huida. Ella declaró que el sicario, antes de disparar ese único disparo que lo mató, mencionó su nombre dos veces, como para asegurarse de que sí fuera él. Dijo que mi padre trató de tomar el arma con sus manos, que se desplomó al instante, que nunca en su vida había visto que la sangre abandonara tan rápido las venas que siempre había habitado.

Un primo que estaba en la casa con la abuela salió al oír el disparo, pero se encontró no más que un cuerpo desplomado en la acera, ahogándose en el mismo charco de sangre que emanaba, imparable, de su arteria femoral. Lo que vio la abuela, eso nadie lo sabe porque también decidió quedarse en silencio a ver si olvidaba lo que sintió al ver morir a su propio hijo, frente a su propia casa, ignorando que el silencio es precisamente lo que no lo deja a uno olvidar, pero cada cual tiene su propia forma de sobrellevar las penas.

Desde ese mayo, como familia, pasamos por varias etapas: tristeza, angustia, rabia y, al final, resignación. Parece que a eso se reducen las penas una vez se acepta que ya todo está perdido. Pero resignarse toma tiempo. A todos nos tomó. Luego nos fusionamos con esa masa silenciosa, nos dedicamos a tratar de vivir con el trasfondo de la ausencia, mientras la gente alrededor pensaba que ya se nos había olvidado, como si ese tipo de cosas pudieran ser removidas de la mente. Pues no, ni un solo día se deja de pensar en ellas. Son como un pensamiento fijo, interrumpido de vez en cuando por esa sucesión de otras cosas a las que, en conjunto, llamamos vida.

Tuvieron que pasar veinte cosechas de mango para recibir otro retazo de información. El mensaje me lo envió un desconocido por Facebook y decía: «Sara, usted no me conoce, pero tengo que contarle algo sobre su padre. Le interesa».

...

Escuchó atenta aquello que yo le contaba, imagino que tratando de descifrar por qué mi historia se parecía tanto a la suya. Noté que los labios le temblaban y que si acercaba su taza de café a ellos era nada más que para disimularlo. Le costaba sostenerme la mirada porque tenía los ojos inundados y supongo no quería derrumbarse frente a un desconocido.

Yo apuré lo que me quedaba de ron, los hielos tintinea-
ban como campanas al tocar el cristal. Apoyé mal el vaso
sobre el borde de la mesa y se fue al suelo. Los pedacitos de
vidrio se nos pegaron a las suelas de los zapatos. Le hice señas
al mesero para que me trajera otro trago. Me costaba respirar, es algo que me pasa cada vez que estoy nervioso, de tal
manera que tuve que tomar una gran bocanada de aire para
superar la sensación de asfixia y seguir contándole que, durante el funeral, habían irrumpido unos sicarios armados que
me preguntaron cómo se llamaba el muerto y cuando mencioné ese nombre, tan distinto al que ellos estaban esperando, me habían hecho abrir el ataúd y se habían asomado. Le
conté que dijeron: «Hijueputa, nos equivocamos» y que todos en la sala de velación se quedaron petrificados como estatuas, siguiéndolos con la mirada cuando apuraron la mar-
cha hacia la salida. Le conté que quince días después habían
matado a su padre, en el mismo barrio, a la misma hora. Le
conté que me enteré de la noticia porque, como su padre era
un abogado muy conocido, su muerte había salido en el periódico. Le conté que lo reconocí por la foto de la prensa
porque yo había estado presente cuando mi padre le compró
el carro al suyo.

Nos quedamos en silencio. Lloramos en silencio. Nos la-
mentamos en silencio. Yo había sentido lástima muchas veces y la gente había sentido lástima por mí, otras tantas, pero
hasta ese momento supe lo que es sentirla y provocarla al
mismo tiempo.

Descubrimos que la herida dolía más de lo que pensábamos, supimos entonces que dolería toda la vida. Ella no paraba de llorar, con esas lágrimas silenciosas de quien ya está
cansado de hacerlo, esas lágrimas que conocen bien su cauce

porque son ellas las que lo han labrado, de tanto fluir rostro abajo, siguiendo siempre esa misma ruta que arranca en los ojos, bordea la nariz, roza los labios y termina perdiéndose en el cuello.

Mientras tanto ella revolvía en silencio con una cucharita ese café frío y amargo que no iba a beberse jamás. De cuando en cuando dejaba escapar un suspiro. Yo rozaba el borde del vaso de ron con mis dedos y seguía con la mirada el descenso de las gotas de agua sobre el cristal; creo que ambos buscábamos excusas para no tener que mirarnos a la cara.

Yo quería abrazarla, limpiarle las lágrimas, tomarle las manos, hacer cualquier cosa que menguara el sentimiento de desamparo que la había acompañado toda su vida, pero no tenía nada que ofrecerle porque yo también había crecido sintiéndome de la misma manera. He vivido momentos muy intensos en mi vida, pero nunca con alguien de quien solo conocía su nombre.

Nos quedamos callados porque cuando se encuentran dos historias como esas ya no queda nada más que decir. Luego se agarró la cara con las manos. Por entre sus dedos podía ver la fuerza con la que apretaba sus párpados mientras su boca entreabierta luchaba desesperada por tomar aire. Hubiera querido preguntarle qué estaba pensando; se me ocurrió, justo en ese momento, que tal vez la había hecho sentir culpable, pero ya era muy tarde para deshacer esas palabras que había liberado, por fin, después de retenerlas durante todos esos años. Era algo que necesitaba hacer para tratar de sanarme.

Dicen que el dolor fortalece, pero después de tanto tiempo de dolor acumulado, parecíamos dos niños frágiles a punto de quebrarnos; a lo mejor llevábamos veinte años tan rotos que aún no habíamos podido juntar las partes, a lo mejor éramos tan irreparables como ese cristal roto que teníamos incrustado en las suelas de los zapatos.

El mesero pasó a preguntarnos si queríamos algo más, pero ninguno de los dos respondió. Mis hielos estaban ya casi derretidos, las gotas seguían deslizándose por el cristal y nosotros continuábamos callados, aturdidos por el ruido de nuestro silencio.

Y callada, de repente, se paró de la silla y se fue, con ese paso lento con el que había llegado, con ese andar triste que más parecía un quejido. Se fue en silencio calle arriba dejando un caminito de lágrimas sobre el andén. Se fue bordeando los árboles de guayabas sembrados al pie de la calle. Se fue pateando con furia los frutos caídos, levantando el aroma fermentado de las guayabas descompuestas, porque era mayo y la cosecha, como todos los mayos, estaba a reventar.

Muérete ya, de una buena vez. Deja que tu fosa sean las hojas de este libro y que, en vez de cubrirte de tierra, lo haga con todas esas palabras que callamos. Esta vez las escribí con tinta indeleble para que no se borren, para que no me arrepienta de decirlas, para que el viento no pueda arrancármelas del borde de la boca. Las escribí antes de que el silencio me convenciera de guardármelas, antes de atragantarme con ellas, antes de ser sorprendida por mi propia muerte. Tú fuiste quien me enseñó que cualquier vez puede ser la última vez.

Toma estas palabras, son como balas al aire. Sabes de sobra que una vez disparadas no pueden devolverse. Eres el blanco, deja que te impacten. No nos teñiremos de sangre sino de tinta. No habrá dolor sino liberación. Es una promesa.

Te mato con palabras porque son la única arma que poseo. Te mato porque estoy cansada de intentar mantenerte vivo en mi cabeza. Te mato para que puedas vivir en este libro. Tu ausencia es como un hueco que nunca se llena, un hueco vacío que no quiero seguir mirando porque eso es algo que he hecho hasta cansarme. Es hora de mirar hacia otra parte. No pongas a prueba mi puntería, no permitas que este sea otro intento fallido, necesito que te mueras de nuevo. Y asegúrate de que esta vez sea para siempre.

Agradecimientos

A Robis, por leerme, por esperarme dos años y por creer en mí incluso más de lo que yo misma creía.

A la mamá, por su ejemplo de fortaleza: sin tantas dosis de «no-piense-en-eso» no hubiera sido capaz de llegar hasta este punto.

A mis hermanos, por enseñarme a pelear y a defenderme. Y por permitir que sus nombres e historias aparecieran en este libro.

A Juanpa, por leer, por corregir, por el título y por ordenar mi caos.

A Javier Sagarna y a Elena Belmonte, por enseñarme tantas cosas.

A mis compañeros de la Escuela de Escritores de Madrid, por aguantarse mis lágrimas.

A Alexandra Pareja y Héctor Abad Faciolince, porque desde el inicio creyeron mucho en mí y aun así fueron capaces de darme alas para que volara cada vez más alto.

A María Fasce, por encontrarme.

A mi padre, que ya no vive bajo tierra sino entre estas páginas. No se me ocurre un lugar mejor para vivir que en un libro.

Este libro terminó
de imprimirse
en Barcelona
en junio de 2023

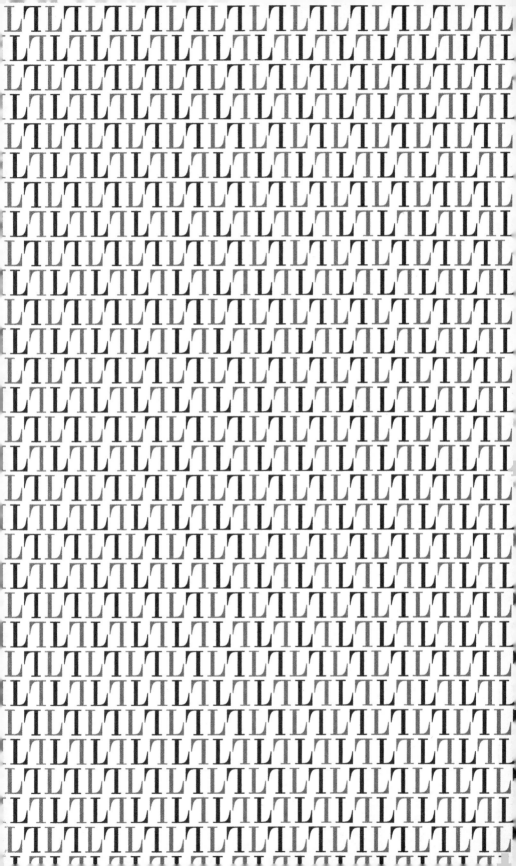